EL DIARIO PERDIDO DE DON JUAN

Soto Pérez, Carlos Enrique
El diario perdido de Don Juan. - 1ª ed. - Buenos Aires:
Deauno.com, 2008.

142 p.; 21x15 cm.

ISBN 978-987-1462-29-2

1. Narrativa Puertorriqueña. 2. Novela. I. Título
CDD Pr863

contacto@elaleph.com
http://www.elaleph.com

Para comunicarse con el autor: c_enrique7@yahoo.com

Primera edición

ISBN 978-987-1462-29-2

Hecho el depósito que marca la Ley 11.723

Carlos Enrique Soto Pérez

El diario perdido de
Don Juan

deauno.com

DEDICATORIA

Quiero dedicarle este libro a mi profesor Dr. Poul Vivoni, quien de forma certera pudo ayudarme a descubrir cualidades que aún yo no tenía claras; durante mis años universitarios. Despertó en mí la idea de ampliar mis posibilidades en el campo de la escritura. Vivoni... adonde quiera que estés, sigue siendo así. Puesto que profesores como tú, son los que marcan la diferencia en esta sociedad. A Ilushka "Jindy" Velásquez, porque siempre ha sabido ser una verdadera amiga. Por último a la vida, por ponérmela tan difícil, y hacerme ver cuan fuertes podemos llegar a ser.

CARLOS ENRIQUE SOTO PÉREZ

Capítulo 1

El Diario

Una noche silenciosa y húmeda el joven Leonardo caminaba por las afueras de la ciudad. De pronto pudo ver lo que parecía un cuaderno. A lo lejos se podía percibir una sigilosa sombra que consideró como si ambas cosas guardaran alguna relación. Reaccionó con un grito, como para avisarle a aquel transeúnte de la pérdida de su libro. Pero en realidad aquel grito no fue lo suficientemente fuerte, como para que le pudiera escuchar.

Su curiosidad era tal, que su intención no era más que querer quedarse con el libro. Es que aquella sombra era indiscutiblemente reconocible. Sí, esta pertenecía a un famoso pero a su vez tétrico individuo, a quien todos lo hacían llamar *Don Juan*. Este sujeto era algo misterioso puesto que nunca antes, se le había sabido si él era un mito o una leyenda tan real, que había logrado de alguna forma u otra cristalizarse.

A tal punto que se decía que sólo se le había podido ver la sombra por los hombres de la ciudad. Y por otro lado, nunca las mujeres habían podido identificar si ese personaje había sido simplemente un sueño que habían vivido, tan real que les había causado una inexplicable excitación. En algunos casos éstas llegaron a decir que su presencia les causó hasta "pérdida repentina de la memoria". Algo así como un hechizo. Mas todas habían llegado a la conclusión, que haber experimentado la compañía de este misterioso ser, sólo podrían describirse como un "éxtasis". Otras alegaban que tan sólo la mirada de este les había provocado tener un orgasmo. En resumen, este era el autor de un tema del que nadie quería hablar en la ciudad. Las pocas veces que los hombres de la localidad trataban de susurrar su nombre les era interrumpido por un incontenible tronar de dientes mientras sus ojos se enrojecían. Dejando patente el odio a este personaje, quien les robara el pudor a todo un pueblo.

Ahora Leonardo, en medio de esta noche tan húmeda, había encontrado el diario de este peculiar individuo, aunque algo dañado por el sereno. Entonces esto se habría convertido en la única forma de develar la verdadera identidad de ese misterioso ser. Por otro lado, de aprovechar su contenido, y de alguna manera u otra, ponerlos en práctica, para pasar de ser de un simple joven pueblerino a alguien reconocido.

Ya pueden comprender el porqué de la razón del "grito a baja voz".

Este se dijo a sí mismo:

Leonardo: *Creo que lo correcto es que por esta noche, no manosearé tanto este diario.*

Es mejor esperar hasta mañana... lo pondré a secar bajo el sol para ver si puedo salvar su contenido.

A la mañana siguiente, Leonardo se disponía a secar el diario. Así pasó un tiempo y al desesperado chico le parecía que cada segundo se convertía en horas aguardando el momento para poder descubrirlo.

Leonardo era un joven vagabundo que siempre vivió con la esperanza de que su cruenta vida tomara un giro de ciento ochenta grados. Su madre había muerto cuando era pequeño y los recuerdos que tenía de ella eran pobres y muy dolorosos. Sólo recordaba su nombre "Leonardo" por las veces que ella lo repetía mientras le contaba de ciertas anécdotas y el origen de su familia. Mientras sollozaba y murmuraba piedad a la vida y perdón a su hijo por no poder ofrecerle un hogar.

Ya se hacía mediodía mientras tanto aquel joven mendicante se había quedo dormido por la espera y el hambre que lo agobiaba.

De pronto, escucha un chasquido producido por una lata de refrescos que se encontraba a su lado y que fuera golpeada por una gota de lluvia en aquel instante:

Leonardo: *¡Oh no! El diario...*

¡Maldita suerte la mía!

Leonardo prontamente recogió el diario y lo cubrió con su chaqueta.

Luego se dirigió hacia el callejón más cercano donde se encontraba uno de sus improvisados "apartamentos", que no era más que un viejo auto abandonado.

Abrió la puerta y se dispuso a leer el curioso y apreciado cuaderno. Pronto observó que sus letras estaban ilegibles por su morfología y el daño causado por la humedad. Sus páginas arrugadas y rígidas se sumaban a la casi imposible tarea de descifrar su contenido.

Pero, se dijo a sí mismo:

Leonardo: *Tendré que conseguir la forma de transcribir y documentar cada letra y cada palabra de esto, si es que quiero hacer un buen trabajo "investigativo".*

Leonardo, quien fuera un autodidacto, había aprendido a leer y escribir por su cuenta. Con la única ayuda de libros y cuadernos que encontraba por los distintos basureros de la ciudad y un viejo amigo que veía cada verano, al que solía llamar, el "Profe".

Éste, que había sido un afanado profesor, expulsado por la facultad de una reconocida universidad de una contigua ciudad, acostumbraba a dejarle suficiente tarea como para convertirlo en uno de sus mejores alumnos. Sí, a pesar de su desgraciada vida, este profesor nunca había perdido la vocación de educador. Frecuentaba tener algunos estudiantes a lo largo de sus incansables recorridos por las calles del país, acompañado por su amigo inseparable, el alcohol.

Por otro lado, en su interior, Leonardo se decía:

Leonardo: *Creo que sólo hay una persona que me puede ayudar con esto.*

Pronto sacó de la guantera del viejo auto un almanaque para verificar cuanto se tardaría su amigo el "Profe" en llegar a la ciudad.

Aceleradamente se dispuso a ojear cada pagina, mes por mes, hasta dar con la fecha actual.

¡Vaya..! ¡Sólo está a dos días de su regreso!

El saber ésta noticia sólo hizo que sus ansias se acrecentaran mucho más, y dijo:

Leonardo: *No puedo más, tendré que buscar la forma de hacer algo con este diario a lo que "El Profe" llega.*

¡Iré al mercado a ver si me puedo hacer de una libreta, un lápiz y una buena lupa!

Corrió y corrió sin detenerse, hasta acercarse al mercado.

De pronto, allí estaba el viejo Luigi. Un vendedor de efectos de oficina conocido por sus altos precios, por su mal temperamento y por ser un avaro.

Rápidamente mientras Leonardo corría se hacía en su imaginación cómo podría maniobrar para obtener lo necesario para su "trabajo investigativo":

Leonardo: *Sí, un salto hacia la mesa de hierro un pequeño giro hacia la derecha y ¡Chazz! Ahí está, mi libreta en la mano. Luego caeré al suelo y con mi mano izquierda y doblado en el suelo me lanzo sobre el cajón de lápices y... ya veremos como haré luego para conseguir la lupa.*

Ya se encontraba Leonardo corriendo por la parte posterior del mercado, pero sin darse cuenta, su presencia causó que varias gallinas que estaban en una tienda cercana revolotearan por el susto.

Luigi, quien fuera bien astuto, y cansado por las acostumbradas maniobras de aquel maldito muchacho, pronto reconoció el causante de tal alboroto.

De pronto un ambiente de apuestas se apoderó en tan solo segundos en aquel lugar.

A su vez se escuchaban de diversos puntos del mercado...

–¡Hey! ¡Allá viene el chico!

–Henry, ¿cuánto apuestas?

–¡Veinte dólares al chico!

–George, ¿cuánto vas?

–¡Cuarenta al viejo!

Mientras que aquella algarabía se iba tornando cada vez más pesada, como si se fuera congelando poco a poco toda aquella eventualidad.

El chico por el lado sur, corriendo despavorido. El viejo con su cara enrojecida, su barba blanca, su camisa amarrada en la cintura con un lazo, por falta de botones, y su ombligo por fuera con una pelusa de algodón asomado desde su interior.

¡Caplasss!

Aquellos dos cuerpos se golpearon, el uno al otro, mientras que de ambos se podía observar cada gesto, cada expresión de incertidumbre o victoria causado por tan intenso evento.

En fracciones de segundos los improvisados jueces le dieron la victoria al joven, mientras que este rodaba por el suelo con una cara de angustia por no poder haber alcanzado la lupa. Elemento indispensable para poder llevar a cabo bien su trabajo.

El intrépido chico se incorporó y continuó su huida por la polvorienta calle, mientras se escuchaba a lo lejos la risa de los apostadores y el alboroto por los gritos del viejo Luigi.

Luigi: *¡Maldito hijo de perra!*

¡El día que te agarre te mataré!

¡Me las pagarás!

Mientras tanto los apostadores comenzaron a reaccionar.

¡Ja, Ja, Ja!

¡Me debes cuarenta, George!

Sí... tú me debes veinte dólares... ¡Guillermino!

Pero para Leonardo ésta no había sido una victoria, sino un empate, ya que no había podido obtener su lupa.

Luego Leonardo desaceleró su paso y se dispuso a caminar hacia su mohoso "apartamento". Sabía que en un par de horas caería la noche y si quería hacer algo con su investigación tendría que avanzar.

Por otro lado deseaba tener algo adelantado para impresionar a su viejo amigo el "Profe".

Sabía que sería doble la impresión. Por un lado la iniciativa del trabajo investigativo y por el otro; el poseer el cuaderno o diario de quien aparentemente era Don Juan, "mito o realidad".

A todo este día tan pesado Leonardo hizo silencio y pensó:

Leonardo: *Desde que encontré este diario todo ha sucedido tan rápido y tan confuso que no me he puesto a pensar si en realidad le pertenece a Don Juan o si simplemente es una compilación de papeles inservibles.*

Además una sensación rara me acompaña, y siempre que esto me ha sucedido, nada bien la he pasado. ¿Será que en realidad este tal Don Juan es un mito? ¿Será acaso que todo esto es producto de mi imaginación? ¿O será que este es algún espíritu que transita en las asoladas calles en las noches de la ciudad?

Lo que sí sabía cierto, era que tenía un diario en las manos que en realidad no era de él y si este era importante para su original dueño, lo buscaría como de lugar.

Nuevamente pensó:

Leonardo: *Será mejor que avance a leerlo e investigue todo acerca de él y luego me desharé del mismo.*

Leonardo pensaba en la lupa y decidió que no le quedaría otra salida que ingeniárselas. De pronto alcanzó a ver un botellón de vidrio a un lado de un contenedor de basura, y se dijo a sí mismo:

Leonardo: *Muy bien recogeré ésta botella del piso la llenaré de agua y la utilizaré como lupa, tal vez hasta me resulte mejor.*

Una vez que llegó a su improvisado "apartamento" puso el botellón con agua en el tablero del auto y colocó el diario detrás de éste, para que de esta forma se amplificara el tamaño de sus letras.

Comenzó a leer, y poco a poco transcribía cada letra sin prestar tanta atención a su contenido, sino al poder descifrar con exactitud todo cuanto podía. Y si había una palabra que no podía entender hacía un círculo en su lugar para luego descifrarla. Al poco tiempo empezó a considerar con agrado la idea de convertirse en una especie de investigador o detective.

Ya la noche no se hacía esperar puesto que se podía divisar una que otra estrella haciendo acto de presencia como si se tratara de centinelas celestes.

Leonardo, aunque muy agotado, seguía sumergido en su lectura mientras el cansancio le vencía los párpados, con la promesa de un profundo sueño. De pronto se percató que una sombra lo acompañaba mientras una sensación de ser vigilado le corría por la espalda.

"La Sombra": *¡Tú! ¡Ladrón de libros! Has osado con arrebatarme mi diario. ¡Pagarás por esto!*

En un instante ésta sombra comenzó a crecer y crecer. Mientras que lo que parecía ser un simple bastón se convertía en un largo y agudo estilete que golpeara el parabrisas del viejo auto haciendo estallar el cristal.

En ese preciso momento el joven aprovechó la oportunidad para escapar. Abrió la otra puerta y salió corriendo como nunca antes a lo largo de todo el callejón

Mientras que gritaba a viva voz:

Leonardo: *¡Auxilio! ¡Auxilio!*

Nadie lo escuchaba pero a lo lejos se oía cómo los aldabones de las ventanas que se cerraban uno detrás del otro.

Un sentimiento de desespero ahogaba la garganta del asustado joven mientras que sus piernas, segundo a segundo, se tornaban más lentas y pesadas.

Cada vez que podía, miraba por encima de su hombro y vislumbraba aquella gigantesca sombra que mostraba su afilada arma a la luz de una luna gibosa y plateada.

Del lado de un edificio abandonado se podía ver la silueta de una escalera que daba hacia la azotea. El chico se lanzó sobre ésta y después de varios manotazos había llegado al techo. Siguió corriendo sin mirar atrás, puesto que podía escuchar el ritmo incesante de los suspiros de aquella sombra.

Al fondo se podía observar el borde del edificio y la pared de la próxima estructura.

La decisión ya estaba tomada: tenía que lanzarse sin ninguna objeción o aquella sombra que parecía ser la de Don Juan, no dudaría en acabar con su vida. Ya que lo había encontrado con su más apreciado tesoro, la evidencia de todos los movimientos de su vida escritos en un solo libro.

Leonardo rápidamente dio tres pequeños saltos, intentando alcanzar suficientemente impulso como para llegar de un solo brinco hasta el otro edificio.

El chico estaba ya suspendido en el aire cuando pudo percatarse que todo había sido en vano, por que era indiscutible que no llegaría.

Sólo pudo rallar el musgo de la pared de ladrillos con el dedo índice de su mano izquierda, mientras caía hacia el fondo del oscuro callejón. Pero era increíble, allí estaba Don Juan esperándolo. Disfrutando cada fracción de segundo de la caída del chico, quien gritaba despavoridamente anunciando su final.

Leonardo: *¡Ahhhhhhhhhhhhhhhh!*

¡Ahhhh, Ahhhhhh, Ahhh!

De pronto, allí en el auto se encontraba Leonardo, sudoroso y asustado, con los ojos agrandados y a punto de llorar. Mientras que el sol molestaba el enfoque de sus pupilas.

Leonardo: *¡Ah! ¡Sólo fue un sueño! ¡Un maldito sueño!*

Ja, Ja, Ja, ¡Sólo fue un mal sueño!

Capítulo 2

La llegada del "Profe"

Leonardo agarró el libro antes que alguien se adueñara de él. Lo escondió en su chaqueta mientras miraba a cada lado preguntándose qué hora podría ser.

Caminó hacia la esquina de la Calle Turquesa, hasta poder divisar el reloj de la antigua catedral. Rápidamente hizo unos cálculos y se dijo a sí mismo:

Leonardo: *¡Qué bien! Si no me equivoco, el Profe tiene que venir por la avenida principal. Correré hasta alcanzarlo.*

El joven corrió por varios minutos hasta que pudo divisar la borrosa silueta de su gran amigo.

Leonardo: *¡Profesor! ¡Profesor!*

¡Profe!

¡Es Leonardo!

¡Es Leonardo, tu amigo!

A lo lejos, desde aquella abultada y difusa figura se veía una mano cansada efectuando un remangado, saludando. A su vez se oyó el sonido de una risa que parecía confundirse con el trinar de las aves que revoloteaban en el bulevar.

El joven continuó corriendo hasta cruzar hacia el malecón y la silueta del humilde Profesor cada vez se veía más y más grande hasta el punto de notar que el hombre "estrenaba" un viejo gabán de color azul añil. Del color que siempre quiso. Puesto que este era el mismo que solía utilizar como uniforme en su antiguo trabajo como docente.

Leonardo: *Ja, ja, ja, ¡Qué bien te ves! ¡Hasta luces más joven!*

Leonardo ya se encontraba justo enfrente de su amigo y no tardó en abrazarlo con fuerza, al punto tal que todos sus bolsos se cayeron al suelo.

El chico le estrechó su brazo mientras le decía:

Leonardo: *Hoy será un día inolvidable.*

El Profe*: Hijo, ¡no sabes cuántas cosas tengo que contarte!*

Leonardo: *No, tú no sabes cuántas cosas tengo que contarte.*

Pero el viejo le respondió en tono de broma:

El Profe: *No. No me contarás nada, hasta que me demuestres que has hecho todas las tareas que te he encomendado. De lo contrario te tendré que penalizar.*

Ja, Ja, Ja, se confundían las risas de ambos amigos, mientras cruzaban por la ancha avenida.

Sus voces se escuchaban de lejos y, poco a poco, se iban atenuando en la distancia.

El joven le decía a su compañero:

Leonardo: *Conozco un "nuevo hotel" el cual nos podremos quedar todo el tiempo que queramos*

El Profe: *¿Ah, sí..? Algo así como....*

Leonardo: *¡Lo que soñamos! Ja, ja, ja, siempre que llegas me dices lo mismo.*

El Profe: *Sí, es que nunca se debe perder la esperanza de encontrar lo que soñamos.*

Aquí como me ves viejo y decrépito, lucho día a día por encontrar lo que siempre he soñado. Y ¿sabes? Creo que estoy a un paso de encontrarlo.

El Profe: *Bueno, pero como decías acerca del hotel... ¿Alguno que se haya quemado sólo un poco?*

Leonardo: *¡Oye, tampoco aspiremos a tanto!*

No dije que fuera "cinco estrellas".

Es sólo un "hotel humilde" pero con todo lo necesario para descansar y tener largas conversaciones.

Es amarillo rodeado por ventanas de cristal y posee una serie de butacas en filas, alrededor de unas quince, y que puedes elegir cualquiera que te guste para dormir.

El Profe*: Dormir creo que eso es lo primero que haga al llegar a ese autobús... perdón, "hotel".*

Y luego, jovencito, tengo varias cosas que contarte.

Leonardo: *Oye viejo, te oyes fatigado, ¿por qué no descansas en ese banquillo?*

El Profe: *Creo que es una buena idea. Mientras te adelanto varias noticias importantes para ti.*

Leonardo*: ¿Importantes? ¿A qué te refieres con "importantes"?*

El Profe: *Además, hace mucho calor. Creo que me quitaré la chaqueta y la pondré aquí en el banco.*

Mira hijo, mientras estuve en la otra ciudad, hubo un gran incendio en un hospital y encontré ciertos documentos que parecieran ser de tu nacimiento y la información de tus padres. No quiero que te sobresaltes porque puede ser que me equivoque.

Leonardo: *Sí, entiendo.*

El Profe: *Pero antes necesito hacerte unas preguntas y quiero que te concentres.*

Leonardo: *Ok.*

El Profe*: ¿Tu madre era europea verdad?*

Leonardo: *Sí*

El Profe: *Si no me equivoco, tú me dijiste que le decían Nany.*

Leonardo: *Correcto.*

El Profe: *Nany podría ser el apodo de Melany.*

El Profe: *Pero muchos la conocían por Luna.*

Leonardo: *Sí, así es.*

El Profe: *Luna proviene de Luneta que es una región al norte del país.*

Y me habías comentado, en alguna ocasión, que tú viviste en una calle llamada Luneta.

Leonardo: Sí.

El Profe: *Tengo información de una tal Melany Luna, que vivió en la 14 de la calle Luneta en la provincia de Santa Lucia.*

El joven abrió grandes los ojos se quedó completamente atónito, mientras una sensación de náuseas se apoderaba de su estomago y su garganta.

El Profe: *Hijo, creo que este día va a ser muy largo.*

El joven con una voz suave y quebrantada le replicó al anciano:

Leonardo: *¿Me dejas ver esos documentos?*

El Profe: *¡Claro hijo!*

Los tengo precisamente...

El Profe: *¡Eh..! ¿Sabes? Creo que los dejé en alguna parte.*

No... Sé que lo traía en la mano, precisamente, para no perderlos.

Debo haberlos dejado... al otro lado de la avenida.

¡Sí! Allá está: precisamente al otro lado de la avenida.

Leonardo: *Profe, no te preocupes, yo los traeré.*

El Profe: *No, no hijo quédate aquí, has recibido tanta información en tan poco tiempo que no tienes los pies en la tierra.*

Mejor voy y te los traigo. Además tengo que mantenerme en forma.

El viejo avanzó a cruzar la avenida y desde el otro lado acompañado de una tenue y fatigada risa levantaba su mano mostrando los documentos.

A todo esto Leonardo casi no lo escuchaba puesto que su cabeza estaba colmada de tantas preguntas que florecieron en cuestiones de segundos. Preguntas que desde algún tiempo ya había desistido de hacerse.

El anciano, queriendo mostrar que todavía le quedaba algo de juventud, y para no hacer esperar tanto a su joven amigo, se dispuso a correr.

Pero en breves segundos se escuchó el inesperado sonido de una bocina de camión acompañado de un chasquido de gomas.

¡Screeeeeeeechhh!

Leonardo volteó su cabeza hacia aquel infame chillido mientras gritaba:

Leonardo: *¡Noooooooooooooo! ¡Noooooooooooooo! ¿Por qué?*

¡No, no, no puede ser!

Leonardo corrió sin importarle si había o no algún otro vehículo transitando en la zona. Sólo le importaba la vida de su amigo. Quería llegar hasta él. Quería protegerlo. Quería salvarlo.

Se lanzó sobre su cuerpo sin percatarse que sólo tenía su torso. Lo levantó tan rápido como pudo y corrió con él hacia el otro lado de la ancha carretera. Hasta tropezar con uno de sus brazos. El mismo que sujetaba el portafolio. Al percatarse de esto, cayó de rodillas, puso el cuerpo en el suelo y con los ojos nublados por las lágrimas trató de componerlo. Agarrando su brazo y llevándolo hasta el hombro del Profesor. Ya no tenía fuerzas, sólo quería llorar sobre su pecho apretando con ternura su chaqueta azul, mientras que la multitud trataba de separarlo de los restos de su amado amigo.

Pronto se podía ver cómo aquel portafolio se confundía con la sangre del venerable anciano que afanó hasta su muerte queriendo hacer el bien por sus alumnos. Y más en especial, por este joven quien fuera su preferido. Esperanzado, por alguna vez, verlo salir de las afligidas calles.

Un silencio se fue apoderando de su mente y desconcertado, regresó al malecón, se arrodillo frente al mar y enterrando los puños en la arena reabastecía de sal las aguas, lágrima a lágrima, hasta desfallecer.

Al fondo se escuchaban las sirenas y el tumulto causado por aquel trágico suceso, que rebotaba como campanas en la mente de aquel joven deambularte.

Allí estaba tirado sobre la fría arena el cuerpo de aquel joven que no encontraba la forma de reincorporarse. Ya nada tendría sentido. Su único amigo en quien él podía confiar, era su única familia. El motivo por el cual se mantenía vivo.

Pero ahora, ¿a quién le iría a demostrar su progreso?

Mas cada pensamiento culminaba en aquellas palabras de aliento que su viejo amigo el "Profe" le repetía cada verano...

El día que salga de las calles, esa será tu graduación, y yo mismo te pondré la medalla y te voltearé la "borla"... "como lo que siempre soñamos".

Irónicamente allí en aquel banquillo quedó la chaqueta azul del "Profe". El joven Leonardo la agarró fuertemente y la aprisionó en su pecho mientras lloraba. Entonces fue así que sintió lo que pareciera un pequeño paquete en uno de los bolsillos. Introdujo su mano y sacó un sobre con unos mil dólares dirigidos a Leonardo, con una nota que decía lo siguiente: *"Al parecer hoy es tu cumpleaños. Espero lo disfrutes y puedas hacer buen uso del mismo. ¡Felicidades!"*

Leonardo: *¿Pues que puedo hacer con este dinero..? ¡Claro, qué mejor uso que emplearlo en tu mismo entierro! Si pudiera, te daría uno bien lujoso. Tanto como te mereces.*

El joven Leonardo salió apresuradamente a la funeraria más cercana. Pero, luego de identificar el cadáver, procedió a pagar su entierro.

Leonardo: *¡Hola Señor Polanco!*

Señor Polanco: *¡Hola Leonardo! Ya no vienes por aquí a buscar rosquillas y chocolate. ¡Te he extrañado mucho! ¿Qué te trae por aquí?*

Leonardo: *Pues, ¿sabrás que mi viejo amigo el "Profe" murió?*

Señor Polanco: *Entonces... ¿Ese pordiosero que todos hablaban en lo del forense, y nadie sabía quién era, resultó ser el "Profe"?*

Leonardo: *Sí, así es. Y vengo a pagar su entierro.*

Señor Polanco: *Pero... ¿cómo piensas pagar su entierro?*

Leonardo: *Pues, como veras, él me regaló un dinero. Por el motivo de mi cumpleaños. Con una nota que decía que le diera buen uso a ese dinero. Y pensé que este sería el mejor. Para mí el "Profe" significó mucho y creo que es lo menos que puedo hacer por él. Sé que no* es suficiente dinero pero puedo trabajar unos días aquí para completar por los gastos de su entierro.

Señor Polanco: *Sabes hijo, ¡eso vale mucho! ¿Cuánto dinero tienes?*

Leonardo: *No sé. Como unos mil dólares supongo. No los he contado aún.*

Señor Polanco: *¿Pues qué crees si lo contamos ahora?*

Leonardo: *Claro, señor.*

El señor Polanco se sentó en la silla de su escritorio y luego de sacar el dinero del sobre comenzó a contar el dinero y al cabo de varios minutos le dijo:

Señor Polanco: *Tenemos mil cuatrocientos dólares.*

Leonardo: *Entonces tendré que trabajar aquí seis meces si así lo cree. Para pagarlo todo. Yo sé que estas cosas son caras. Lo he visto en los periódicos...*

A propósito, siempre me pregunté... ¿Quién paga los entierros de los indigentes?

El señor Polanco interrumpe:

Señor Polanco: *Hijo, de cierta manera yo te tengo mucho aprecio. Quédate con cuatrocientos dólares para que no te quedes sin nada y yo me encargaré del resto.*

Leonardo: *¡Gracias, le estaré agradecido el resto de mi vida!*

Señor Polanco: *Ya sabes quien paga los servicios a los pobres...*

Leonardo: *¿Quién?*

Señor Polanco: *Una mano amiga.*

Al día siguiente, bajo una lluvia tempestuosa se encontraban sólo tres personas en el camposanto, dando la despedida oficial al querido y viejo Profesor: Leonardo, el Señor Polanco y el sepulturero. Pero en su tumba, adornaba, una placa que decía:

EL QUE VIVE EN LA BÚSQUEDA DE SUS SUEÑOS,
MUERE COMPLETAMENTE REALIZADO

EL PROFE
1920 *APROXIMADAMENTE HASTA* 2006

Luego de un minuto de silencio ambos señores se despidieron del chico con una palmada sobre su hombro. Este prefirió seguir hasta que la lluvia cesó.

De pronto, mientras se marchaba, acompañado de una estrecha vereda adornada por el funesto paisaje de las mustias lápidas, Leonardo pensó, de forma tajante:

Leonardo: *¡Supongo que todo esto se debe a ese maldito diario de mala suerte!*

¡Me quedaré despierto toda la noche, en el mismo lugar, hasta que lo vea pasar y se lo reventaré sobre el mugriento pecho! ¡Sí, eso haré!

CAPÍTULO 3

LEONARDO DECIDE DEVOLVER EL DIARIO

Y sucedió que toda la noche el joven deambularte esperó y esperó.

Al día siguiente el chico comentaba para sí:

No desistiré de ésta idea, me quedaré hasta dar con él, y le diré que yo pude devolvérselo pero decidí quedármelo. A ver si de una vez me golpea hasta acabar con mi vida.

¡Le diré que conozco cada una de sus artimañas y lo descubriré ante todos! ¡De seguro todos querrán saber!

A la tercera noche ya el joven muchacho estaba cansado de esperarlo y comenzó a darse cuenta que ése encuentro sería en vano.

Leonardo: *Bueno creo que me marcharé. Por lo que veo no tiene sentido permanecer aquí.*

De pronto escuchó unos pasos que se hacían cada vez más y más fuertes. El silencio de la noche era profanado por el eco que producían.

Sus manos se congelaron. En su pecho, el corazón le latía descompasadamente.

Decidió salir corriendo.

Mientras que con cada paso, aquella misteriosa figura se iba convirtiendo en un bulto que avanzaba por la calle oscura.

Leonardo corrió y corrió, aunque sabía que el dueño de los pasos lo había visto. Aún así siguió corriendo sin parar, hasta esconderse en uno de sus refugios y, luego de un instante, allí se quedó dormido, presa de la fatiga y el cansancio.

A la mañana siguiente un perro olfateaba su rostro mientras que un extraño individuo de cara grotesca lo observaba. El chico aún desconcertado por lo que había ocurrido la noche anterior. Le preguntó al sujeto:

Leonardo: *¿Qué quieres?*

El hombre entrecortado por su tartamudez le extendió su mano y le mostró el diario.

Leonardo: *¿Eres Don Juan?*

Forastero: *Cla-cla-claro… que-que no.*

¿Te te tengo ca-cara de de galán?

Cre-cre-crees que alguna mujer se-se-se fi-fi- fijaría en a-a-a-alguien co-como yo?

Leonardo: *Pues no sé.*

Forastero: *Po-po-por favor niño no-no-no-no te burles de de-de mí.*

To-to-toma el cuaderno-no. Lo deja-ja-jas-tes a-no-no-noche en un ba-ba-banco olvida-da-do. Yo-yo-yo te vi.

Leonardo: *Quédate con él... A propósito: ¿tú eras el que venía anoche por el medio de la calle?*

Forastero: *Ssss-sí…*

"¡Perfecto" (Pensó Leonardo, refunfuñando).

Forastero: *Je, je, je. Cree- creías que yo era Do -do -don Juan?*

¡No! ¡Claro que no! Contestó el chico.

Forastero: *Sí-ssi ya veo.*

El hombre sacó una carcajada, se volteó para marcharse mientras que a su vez le lanza el diario:

Leonardo: *¿Para qué me lo das? ¡Te dije que no lo quiero!*

Forastero: *Yo-yo-yo tampoco, no-no-no se lele... er.*

¡ Hasta pron-pron-to!

¡Va-mo-mo-mo-no-no-sss "Gago"! –Le dijo a su perro.

El joven contemplaba y contemplaba aquel diario y se preguntaba una y otra vez, ¿que tendría que ver él con ese diario? Al parecer no se podía deshacerse de él.

Entonces dijo:

Leonardo: *Total, este diario, es lo único que me queda y no creo que tenga otra cosa importante que hacer.*

De todas maneras el "Profe" quería que siguiera estudiando, y qué mejor cosa que ésta. Ya que, para completar, perdí los documentos de quien pudiera ser mi madre...

¡O tal vez no era mi madre! Al parecer nada importante.

Suspiró profundamente mientras que una lágrima bajaba por su barbilla. Pues el acordarse de su viejo amigo le causaba mucho dolor.

Caminó hasta el *"hotel amarillo"* y desde entonces allí vivió.

Fue desde entonces este el lugar que utilizó para estudiar profundamente aquel diario. Ya casi no se le veía vagar por las calles, tan siquiera para molestar al viejo Luigi.

Había podido comprender gran parte del diario.

Pero sólo se le podía ver sosteniendo grandes conversaciones con distintos maniquíes de yeso que recogía de los basureros de las tiendas de venta de ropa que habían quebrado, en toda aquella zona.

– 29 –

La gente pensaba que aquel joven había enloquecido desde la muerte de su viejo y amado amigo "El Profe" y que el pobre muchacho, se había hecho de la idea de convertir aquellas figuras en su familia.

Pero fue de ésta manera que Leonardo puso en práctica las técnicas escritas en el diario, que enseñaban cómo cortejar a una dama.

CAPÍTULO 4

LEONARDO SE MARCHA DE LA CIUDAD

Al cabo de varias semanas la gente había echado de menos la desaparición de aquel joven. Aunque en realidad a pocos les importó.

El intrépido joven ya conocía todo lo que contenía el diario. Y decidió marcharse de la ciudad. Sabía que era lo correcto puesto que sus preguntas ahora eran tantas que si se quedaba en la zona jamás se las podría contestar. Necesitaba indagar más sobre diversos temas y conocer otros lugares. Si quería sacarle provecho a todo este conocimiento. Era obligatorio estar al tanto de todo y experimentar muchas cosas desconocidas.

Una tarde el chico se dijo a sí mismo:

Leonardo: *Solamente hay un solo lugar al que tendré acceso y voy a encontrarlo.*

Mientras tanto este caminaba hacia la universidad puesto que sabía que allí encontraría todas las respuestas a sus preguntas.

Leonardo: *¡El "Profe" jamás dejó la universidad! ¡Por eso era que iba y venía constantemente! Aunque lo hubieran expulsado, él no la dejaría por completo. En algún lugar escondido el tendría que tener sus pertenencias y sus libros.*

El joven ambulante sabía que al llegar a la universidad tendría que ingeniárselas de una manera u otra porque, con los harapos que vestía, no lo iban a dejar entrar.

Al llegar a la universidad decidió no acercarse demasiado como para hacerse notar y empezó a caminar por toda la colindancia de la verja que separaba la misma de los otros edificios aledaños.

Pronto el camino asfaltado comenzó a convertirse en un sendero de pedregullo. Y la espesura del monte ya se hacia notar. Al final se podía apreciar una vieja choza que se usaba como almacén. Esta lucía bastante oscurecida, según pudo ver. El joven se acercaba paso a paso tratando de hacer el menor ruido posible.

Poco a poco se fue formando una estrecha vereda de lodo que se iba empinando cada vez más. El joven chico se apoyó de una rama, pero fue en vano su esfuerzo. Este ya había resbalado hasta caer en plena barraca, con su cabeza encajada entre medio de una pareja de zapatos negro charol, seguidos por un par de medias blancas y dos pantorrillas escuálidas adornadas por una escasez de vello blancuzco.

Al levantar la vista estaba aquel alto y erguido cuerpo, quien con una penetrante mirada, lo observaba seriamente.

El señor: *¿Qué haces aquí muchacho impertinente? ¿A qué se debe tu inoportuna presencia?* –Preguntó el señor, de mal talante.

Leonardo: *Disculpe señor, es que soy amigo del "Profe"...*

El señor: *¿Te refieres al señor Jan Marquis..? ¡No está!*

Leonardo: *¡Lo sé! ¿Acaso no se ha enterado?*

El señor: *¿De qué?*

Leonardo: *El Profe... es decir el señor Marquis... esteee... murió atropellado.*

Aquel buen hombre, al recibir tan inesperada noticia, perdió las fuerzas y se deslizó hasta alcanzar una vieja silla de madera.

Mientras guardaba silencio. Silencio que emularon las aves del lugar ocultando sus incesantes trinos.

El señor: *¿Estás seguro de lo que estás diciendo?*

Leonardo: *Sí, lo vi con mis propios ojos.*

El señor: *Entonces... ¿Cómo te llamas?*

Leonardo: *Disculpe buen hombre, me llamo Leonardo.*

El señor: *¡Ah! Leonardo... ¿y dices ser su amigo?*

Leonardo: *Sí, señor.*

El señor: *¿Seguro que eres su amigo?*

Leonardo: *¡Sí, Señor!* –Contestó el joven.

El señor: *Sí, señor, sí señor, sí señor... Puedes llamarme Jairo, sólo Jairo.* –Refunfuñó el viejo.

Leonardo: *Sí, Señor... digo, sí señor Jairo, digo sólo Jairo.*

Jairo: *¿Por qué estás tan tenso muchacho? ¡Si eres amigo del Viejo Gruñón eres de la familia!*

Leonardo: *¿Qué familia, Señor?*

Jairo: *¡Si vuelves a decirme, señor, te halaré las orejas!*

Leonardo: *Lo siento, señor.*

¡Digo lo siento, Jairo!

Jairo: *Sí, eres de la familia.*

Leonardo: *¿De qué familia?*

Jairo: *Pues de ésta familia... Los pájaros, los insectos, el rancho y toda la porquería que circunda por aquí.*

Leonardo: *¡Ah! Entiendo señ... or.*

Jairo: *¡Condenado muchacho! ¡Te halaré las orejas!*

Sí, sí, sí...

Mira muchacho, sé que estás algo nervioso, confuso y cansado, así que será mejor que descanses.

*Ya te estábamos esperando. –*Dijo en voz baja y entre dientes.

Jairo: *Al final del pacillo junto aquella hilera de botellas... allí puedes descansar.*

¡Y cuidado con las botellas!

Leonardo: *¡Sí, señor, no las romperé!*

Jairo: *¡Maldito muchacho! ¡Te arrancaré las orejas!*

Leonardo: *¡Está bien! !Jairo, Jairo, Jairo..!*

Jairo: *¡No! ¡Que también te arrancaré las orejas si te cortas, ya no queda ni una entera!*

¿Qué puede quedar entero aquí? ¡Si ese viejo gruñón lo rompía todo a su paso!

Total a ese infeliz... si no lo hubiera matado un carro, ya poco le faltaba gracias al maldito alcohol.

¡Desgraciadoooo..! ¡Ay, ay, ay..! ¡Maldito desgraciado!

El joven no podía comprender por qué Jairo peleaba tanto con el difunto si por el otro lado lloriqueaba.

De pronto se escuchó el estallido de una botella de cristal:

Jairo: *¡Maldito..! ¡Déjame romper la última botella que quedaba entera!*

¡Brindaré por ti!

¡A tu maldita salud..! Desgraciado... ésta vez sí me abandonaste...

Mientras tanto el joven Leonardo se acercaba al cuarto del Señor Marquís.

Leonardo: *¡Wow! ¡Es el apartamento del "Profe"!*

¡Cuántos libros!

¡Y cuántas cosas interesantes!

¡Éste lugar parece una librería! ¡Pero claro, un poco desordenada tal vez!

El joven tomó un libro que se encontraba junto a la mesa de noche y comenzó a leer hasta quedarse dormido.

A la mañana siguiente, el chico comenzó a leer otra vez y no salió del cuarto, pero al cabo de un buen rato, llamaron a la puerta.

Jairo: *Toc. Toc. ¿Oye chico, vas a hacer como el viejo gruñón que no hacía más que leer y leer?*

El desayuno está listo y si no te apresuras a tomarlo, los gatos de por ahí se lo comerán. A parte de que las moscas siempre se antojan de desayunar a la misma hora que sirvo la comida.

Ok, no tardo. –Contestó el joven.

Así pasaron los días, semanas, meses y Leonardo leía y leía sin descansar. Mientras que el viejo Jairo se desaparecía esporádicamente por varios días.

Una noche el joven le comentó a Jairo:

Leonardo: *Quisiera consultar con usted algo que llevo días meditando.*

Jairo: *Dime, muchacho.*

Leonardo: *¿Será posible que yo pueda ingresar a la universidad?*

Jairo: *¡Jaaaa, jaaa, jaaa!*

Leonardo: *¿Acaso he dicho algo que usted ve imposible..?*

Jairo: *¿Imposible? ¿Imposible, dices..?*

¡Ya era hora de que meditaras acerca de eso! ¡Ya había pensado que nunca lo pedirías!

¡Claro que puedes ingresar!

Leonardo: *Pero es que, apenas sé quien soy, yo no tengo papeles que certifiquen mi existencia. Por eso lo he pensado tanto, me resulta algo imposible.*

Jairo: *¡Imposible..! ¡Esa palabra para mí no existe!*

Mira Jovencito: ¿Quién crees que libraba al viejo gruñón de sus constantes problemas en la universidad por culpa del alcohol?

Leonardo: *¿Usted?*

Jairo: *¡Exacto..! Pero ya a la quinta vez, no pude hacer nada.*

A la mañana siguiente el joven escuchó como si Jairo estuviera hablando con algún desconocido. Ésta era la primera vez que alguien se acercaba a la choza desde que estaba el chico. Algo que le provocó mucha curiosidad. Tanto así como para observar quién era éste. Al asomarse pensó que algo andaba mal. Puesto que sabía que la presencia de aquel individuo era por alguna razón en particular. Y pensó que él tendría que ver con esto. Ya que sabía que no se había portado del todo bien desde que llegó a la precaria choza.

El viejo se acercó al chico:

Jairo: *¡No puedes seguir con esa maldita manía de estar robando..! ¿Acaso eres cleptómano?*

¿Y dices que quieres estudiar y convertirte en un profesional?

¡Basta ya de más "profesionales" mediocres que sólo aprovechan sus estudios y palas políticas, para luego estar haciendo fechorías! ¿Sabes qué? ¡No quiero contribuir con ese tipo de conducta tan irreverente! ¡Y si es en esa clase de persona en la cual quieres convertirte, conmigo no cuentes! ¿Acaso no te has puesto a observar cómo está este país

por causa de personas egoístas que sólo están pendientes a satisfacer sus propios intereses..? ¡No, no y no!

No pienso ayudarte a ser una escoria más en "la clase profesional".

Pero... si de lo contrario aceptas ser, desde hoy, un ciudadano responsable y no volver a robar... en tal caso, podré considerarlo.

Así que, entonces... ¿Qué me dices?

Leonardo: *¡Se lo juro! ¡Jamás volveré a robar! Perdóneme.*

Jairo: *Pues entonces está muy bien.*

Porque, además, no quiero cargar otra vez con la culpa de contribuir con personas que van camino a la perdición.

Si hubiera aconsejado al viejo gruñón que se fuera a un centro de desintoxicación y luego continuar con su trabajo como profesor y no le hubiera ayudado tantas veces para que no lo expulsaran... tal vez todavía, todos estaríamos escuchando el eco de su voz por los pasillos de esta institución...

Jairo hizo una pausa y luego, murmurando, comentó:

Jairo: *Pero ¿quién sabe por qué suceden las cosas? Tal vez no te tendríamos aquí hoy, muchacho.*

Entonces Jairo nuevamente añadió:

Jairo: *Bueno jovencito, creo que por hoy no hay nada más que hablar.*

Leonardo no se atrevía hablarle al viejo Jairo, luego de tan exaltado discurso, y se marchó a su habitación. Además por primera vez en muchos años también había experimentado una fría sensación de vergüenza tanto así que no pudo contenerse y una lágrima se le escapó de sus ojos.

Al cabo de varias horas Jairo escuchó un gemido en el cuarto, se asomó y vio al joven Leonardo acostado en aquel roto colchón sin poder contener su llanto.

Entonces Jairo se acercó a él y le dijo:

Jairo: *No llores hijo, no es para tanto.*

Leonardo no podía contenerse mientras pensaba que aquellas duras palabras del viejo Jairo tenían un ciento por ciento la razón.

Alrededor de diez minutos después, Jairo continuaba sentado a los pies del chico en un profundo silencio. Entonces el joven Leonardo aún dándole la espalda y sabiendo que el viejo continuaba allí, dijo:

Leonardo: *¿Crees que me vayan a castigar por haber robado la lupa?*

Jairo: *No.*

Leonardo: *¿Cómo lo sabes?*

Jairo: *Porque le dije al policía universitario, que había sido yo el que la tomó prestada y había olvidado decirlo.*

El joven rápidamente se lanzó sobre Jairo y lo abrazó y este no tardó en responderle.

Esta había sido no sólo la primera muestra de cariño de aquel viejo hacia el muchacho sino que la primera en muchos años de su vida.

Luego el viejo añadió:

Jairo: *Además no fue a eso a lo que vino el oficial.*

Leonardo: *¿Entonces a qué vino?*

Jairo: *A decirme que la junta universitaria te aprobaría los estudios siempre y cuando obtenga tu diploma de cuarto año.*

Leonardo: *¡Ja, ja, ja! ¡No puedo creerlo en verdad para ti nada es imposible!*

¡Gracias! ¡Gracias!

El chico nuevamente agarró al viejo y por la fuerza de su abrazo, se derrumbaron sobre el colchón y rieron por un rato.

Mas luego Jairo le recordó:

Jairo: *Acuérdate que te queda tiempo aún por obtener ese diploma. Mañana madrugaremos para la oficina gubernamental, para tramitar todo ese asunto.*

A la mañana siguiente el joven se levantó, algo frustrado y triste. Mas Jairo le cuestionó el porqué de su angustia, si ese día sería uno emocionante. Y este le contestó:

Leonardo: *Con todo respeto... ¿no se ha dado cuenta que con éstos trapos no podré ir?*

Jairo: *No te preocupes, jovencito... ¿Todavía dudas de mí? ¡Tengo un cajón lleno de ropas relativamente nuevas y a la moda de los chicos de hoy día que te quedará muy bien! Y antes que me lo preguntes te diré...*

Como yo limpio los cuartos del hospedaje de los varones de esta universidad y muchos de ellos son de padres pudientes... Ya sabes cómo son estos chicos, todo lo dejan por ahí tirado, no les importa cuánto pudo haber costado... Estos se gradúan y yo lo recojo y lo envío al Ejército de Salvación.

Acuérdate de estas palabras hijo. "Todo en la vida, aunque parezca a veces injusto, tiene sus razones".

Y caminando hacia la parte trasera de la barraca se detuvo en lo que parecía un pequeño almacén, y le dijo:

Jairo: *Este es nuestro "guardarropas". Entra ahí con mucho cuidado y saca el baúl gigante que está adentro. De ahora en adelante te pertenece.*

Leonardo: *¡Gracias! ¡Muchas gracias!*

CAPÍTULO 5

LEONARDO INGRESA A LA UNIVERSIDAD

Luego de un buen baño, ambos partieron para la ciudad. Así comenzó el que se convertiría en el día más especial en la vida de Leonardo.

Al entrar al edificio gubernamental tomaron el ascensor hasta llegar a la "Oficina de Asuntos Educativos".

Señor Aguilar: *¡Hola, doctor!*

Jairo: *Aguilar, ¡déjate de títulos que bien sabes que no me gustan!*

Señor Aguilar: *Sí, lo sé, lo sé... mi buen amigo Jairo, nunca cambias... ¡Ja,ja!*

Señor Aguilar: *¿A qué se debe tu sorpresiva visita?*

Jairo: *Te presento a este joven caballero, su nombre es... Leonardo.*

Señor Aguilar: *Un placer, Leonardo. ¿Y cuál es el motivo de su visita, joven?*

Leonardo miró un poco turbado a Jairo y este le dijo, alentándolo:

Jairo: *Adelante hijo, dile a qué vienes.*

Leonardo: *Sí, claro... Ehh... Sí, es que me interesa tomar los exámenes de equivalencia pero...*

Señor Aguilar: *Claro. Toma, completa este formulario, lo firmas, si eres adulto, claro, y en un mes puedes venir a tomar uno y el otro al mes siguiente. Mientras yo busco tus datos en el sistema... Dime cuáles son tus apellidos.*

El joven quedó paralizado pues no había pensado en el gran problema que tendría. Pues no poseía ningún dato de su verdadero nombre ni mucho menos sabía su edad, no tenía idea si era un menor o un adulto. Aunque suponía que ya lo era. Se levantó de la silla, se acercó a Jairo y le susurró al oído:

Leonardo: *No podremos hacer nada, pues no tengo ningún documento, para los efectos yo ni existo para este gobierno. Lo único que supe recientemente es que tal vez el apellido de mi madre pudo ser Luneta.*

Jairo: *Que mal... hijo ¿hasta cuando seguirás dudando de mis habilidades y conexiones? No te preocupes te pondremos el apellido del viejo gruñón y el de tu madre así que desde hoy oficialmente te llamaras, "Jan Leonardo Marquis de Luneta"... ¡Ja, ja! ¡Hasta se oye bien!*

Señor Aguilar: *Disculpe, jovencito, pero necesito sus datos. ¿Me los puedes falicitar?*

El viejo Jairo interrumpe:

Jairo: *Sí. Se llama Jan Leonardo Marquis de Luneta y vive en la 18 de la calle Muérdagos en la Avenida Universitaria.*

El señor Aguilar, luego de procesar la información, reacciona:

Señor Aguilar: *¡Pero es que esa información no concuerda con nada!*

Jairo: *Dame un minuto y verás que sí aparece.*

El señor Aguilar replicó:

Señor Aguilar: *¡No por favor, no empecemos de nuevo!*

Jairo: *Por si lo habías olvidado conozco a alguien que me debe favo-res mucho más grandes que ese. Hasta su propio puesto... así que no me hagas sacar mis trapitos y refregar ciertas cosas en la cara.*

Señor Aguilar: *Disculpe señor... ¡A sus ordenes! Sólo esperaré un minuto.*

El viejo Jairo sacó el teléfono celular de su bolsillo. Se re-tiró a varios pies de distancia, lo suficiente como para que na-die lo escuchara y llamó a un desconocido y luego de hablar con firmeza y reaccionar con varios manotazos, enganchó.

Jairo: *Ok, Ahora verifica nuevamente a ver si ahora esa informa-ción te aparece en la computadora.*

Señor Aguilar: *¿Qué? ¿Cómo? Pues... ¡Si ya está en el sistema!*

Jairo: *Aguilar, te pediré un último favor: es imposible que este mu-chacho pueda adquirir su diploma de aquí a uno o dos meces. Eso es inaceptable. ¿No se los puedes dar hoy mismo?*

Señor Aguilar: *¡Hoy mismo! ¿Acaso has perdido la razón?*

Jairo: *Entonces tendré que llamar a...*

Señor Aguilar: *¡Esta bien, lo que tú digas!*

Pero, murmurando, el señor Aguilar comentó:

Señor Aguilar: *¡Es verdad que a estas alturas no se puede hacer nada por lo correcto!*

Claro... era de esperarse. El que tiene altos rangos sin honores vive subordinado a quien se los otorga.

Señor Aguilar: *¡Sígame jovencito!*

El joven acompañado por el señor Aguilar caminó por un largo pasillo hasta llegar a una gran oficina. Entraron y luego de buscar los exámenes en un armario le dijo:

Señor Aguilar: *Sólo tienes una hora por cada examen, no más.*

El señor Aguilar sin decir nada más se marchó cerrando la puerta.

El joven asustado, preocupado por el lío en que había metido a Jairo, pensaba que lo defraudaría ya que desconocía qué tipo de preguntas podría haber en los exámenes. Aun así ya era demasiado tarde. Miró el reloj que había en la pared y comenzó a leer.

Al pasar dos horas exactas apareció el señor Aguilar recogió los papeles y dijo:

Señor Aguilar: *No te vayas joven. Te daré los resultados en un momento.*

El señor Aguilar introdujo los papeles en una rara maquina que parecía como una fotocopiadora, pero más grande y rústica. Sacó los papeles y de un orificio comenzó a salir un rollo de papel como el de las máquinas registradoras, y abriendo los ojos con un gesto de asombro le dijo:

Señor Aguilar: *Lo felicito acaba de obtener su diploma con un 98.5% en los dos exámenes. Sea cual sea la corrupción que hemos hecho, valió la pena. Así que hijo, espero sepas qué hacer de ahora en adelante. Supongo que no te contaminarás con este tipo de comportamiento. Preferiría morir antes de volver a hacer esto otra vez. Pero, ¿sabes? Le debo mucho a ese viejo. Además, aunque suene ilógico, se que tendrá sus buenas razones. De alguna forma, intuyo que está haciendo lo correcto. Por otro lado, no sé quién eres muchacho, pero debe quererte mucho.*

El señor Aguilar firmó el diploma y luego de entregárselo le dijo:

Señor Aguilar: *Mantente limpio, porque de no hacerlo serás esclavo por el resto de tu vida por causa de tu propia inmundicia.*

Puedes marcharte.

El joven y el viejo Jairo se marcharon en silencio.

Llegaron a la estación del tren y eligieron uno. Subieron a uno de los vagones y tomaron asiento. Cuando se acomodaron, cruzaron las primeras palabras luego de todo lo ocurrido. Leonardo le preguntó:

Leonardo: *¿Por qué hace todo esto por mí?*

Jairo: *¿Sabes hijo? Jan, todo el tiempo, me hablaba de ti. Sé que si estuviera vivo trataría de hacer todo lo posible por ayudarte. Él tenía muchos planes para contigo.*

Leonardo: *Jairo, hay algo que no entiendo de todo esto. ¿Por qué el señor Aguilar lo llamó doctor?*

Jairo: *Yo tengo un doctorado en sociología y fui director del departamento de humanidades por veinte años. Pero nunca me ha gustado hacer alarde de los títulos. Además ya estoy retirado, aunque nunca me he acostumbrado a la idea. Por eso es que continúo allí en la universidad, pero de voluntario.*

Allí hago lo que puedo, la cuestión es entretenerme.

Además mi padre fue cofundador de la universidad.

Ya ves por que tengo tanta influencia.

Prácticamente nací allí.

Así hablaron por varios minutos mientras que el tren hizo su próxima parada:

Jairo: *Bueno jovencito en ésta es que nos bajamos.*

Leonardo: *¿Pero no es en la otra estación que nos tenemos que bajar?*

Jairo: *Sí, pero antes tengo que arreglar un asunto.*

Luego de haberse bajado del tren caminaron por varias cuadras hasta una antigua urbanización casi abandonada en su totalidad. Jairo se dirigió a la parte posterior de una casa arropada por enredaderas, matojos y yerbajos. Tocó tres veces en la puerta y luego hizo un pequeño silbido. Inmediatamente salió desde la ventana una mano con un papel doblado. Jairo agarró el papel, sacó de su bolsillo varios billetes de cien y sin decir nada se marchó.

El joven Leonardo quedó algo turbado al ver esa extraña transacción. De pronto llegó a pensar que, el viejo, estaba metido en algo raro. Pero luego lo dudó.

Varios minutos más tarde llegaron nuevamente a la estación y antes de montarse en el siguiente tren Jairo le dijo:

Jairo: *Ven hijo, acompáñame al baño que tengo algo para ti.*

El joven se mostró algo confuso y en tono de broma le preguntó:

Leonardo: *¿Eso fue sólo un mandato o una insinuación?*

Jairo sonrió y dijo:

Ja, Ja... No seas payaso. Nunca en mi juventud mucho menos después de viejo.

Leonardo: *Perdón, sólo fue una broma.*

Jairo: *Lo sé muchachito, lo sé.*

Ambos empezaron a reír hasta llegar a la puerta del baño. El joven Leonardo agarró la perilla de la puerta y volteándose hacia Jairo lo miró y dijo:

Leonardo: *¡Uhh..! ¿Me va a doler?*

Jairo: *Ya déjate de actuar tan marica y entra.*

¡Si sigues actuando así comenzaré a dudar de ti!

¡Esta juventud de hoy día..!

Ambos comenzaron a reír y luego Jairo le entregó el papel a Leonardo, que lo leyó:

Jairo: *Toma, guárdalo bien* —le dijo.

Leonardo: *¡No lo puedo creer! ¡Mi propia acta de nacimiento! ¡En verdad tú sí que te las traes!*

Pero algo me tiene confundido...

Jairo: *¿Qué, jovencito?*

Leonardo: *Tú me dijiste que no contribuirías conmigo en hacer cualquier tipo de acto de corrupción ni robo... y ahora, disculpe señor, pero se contradice...*

Jairo: *Analiza por varios segundos hijo mío. Esto, aunque se ve inmoral tiene un fin noble. En efecto, estoy ayudando a la sociedad a rescatar un buen prospecto para la humanidad. A veces hay excepciones a las reglas, siempre y cuando su finalidad sea positiva. Una ley mayor derroca a una ley menor... eso es necesario. ¿Comprendes?*

Leonardo: *Sí, señor. Es interesante, justa y conveniente la observación.*

Entonces salieron de allí, mientras continuaron hablando y el chico le preguntó:

Leonardo: *Pero, una pregunta... ¿Si tienes todos esos títulos y tanta influencia... cómo es que vives allí?*

Jairo: *Yo no vivo allí. Sólo había ido a limpiarle un poco el cuarto al viejo gruñón, ya que sabía que él no estaría. Claro que desconocía que esa vez no iba a volver. Siempre lo hacía, para ayudarlo un poco.*

Además hay dos razones más por las cuales me quedé. Al saber que él había muerto no supe cómo irme del lugar. Y luego, no te quise dejar solo. Comprendí que necesitarías a alguien con quien hablar, luego de haber perdido al "Profe". Por otro lado, se podría decir que yo soy un hombre solitario, y ya estaba acostumbrándome a tu compañía. En cambio, por eso también era que de vez en cuando desaparecía. Estoy obligado a darme la vuelta por mi casa. Allá siempre me esperan.

Luego de bajarse en la estación del tren, ambos caminaron hasta la avenida. Luego Jairo llamó a un taxi.

Cuando subieron y se acomodaron, Jairo se inclinó hacia adelante y le dijo al conductor, en un tono suave:

Jairo: *Al 18 de la calle Muérdagos en la Avenida Universitaria, por favor.*

CAPÍTULO 6

LEONARDO, QUEDA IMPACTADO

Pasaron varios minutos y el taxi comenzó a recorrer una zona donde había hermosos terrenos y casas muy elegantes, hasta que llegó a una calle sin salida, y se detuvo.

El chico alzó su mirada para admirar la gigantesca mansión que tenía delante.

Leonardo: *¡Wow! Y ahora... ¿quien vive en este castillo?*

Jairo: *No exageres, sólo es una casa... Y de ahora en adelante usted vivirá aquí, jovencito.*

Leonardo: *Pero ¿cómo así?*

Jairo: *Pues no pienso quedarme más en la vieja choza. Además, ésta es la única casa que tengo lo suficientemente cerca de la universidad.*

Leonardo: *O sea que... que... ¿qué ésta es su casa?*

Jairo: *Sí, jovencito, sí. Si te lo propones algún día podrás tener una igual. Aunque si quieres que te diga... a veces la encuentro demasiado grande.*

Al llegar a la puerta una joven que parecía tener unos treinta años, abrió la puerta.

Margaret: *Buenas tardes, señor ¿Quien lo acompaña?* —Preguntó la joven.

Jairo: *Buenas tardes. Este es Leonardo, un nuevo integrante de la familia. Leonardo, te presento a Margaret mi sobrina.*

Leonardo: *Un inmenso placer señorita.*

Margaret: *El placer es mío.*

Leonardo había quedado encantado con la belleza de la joven. Aquella mirada perdida que poseía en sus grandes ojos azules, era hechizante. Su hermoso rostro, de piel blanca, enmarcado por el cabello, largo y oscuro, pero brillante, la hacía ver como si la misma luna se cubriera con un manto de sombras en un cielo estrellado. Pero sus pensamientos quedaron allí, puesto que se percató que ella era unos años más madura que él y además no quería faltarle el respeto a aquel señor que le había dado toda su confianza.

Entonces Jairo le pidió a su sobrina:

Jairo: *Por favor, prepárale una habitación a Leonardo. Y no te preocupes, yo mismo le enseñaré la casa.*

Margaret: *Enseguida, tío.*

Jairo: *Leonardo, dame un minuto quédate en éste sector, no te vayas a perder. Puedes mirar todo lo que quieras o pedirle a Margaret lo que gustes, siempre y cuando ella esté disponible. Yo a ella no la presiono, para mí es como una hija. Además, hace su trabajo porque quiere. Quizás porque de alguna forma se siente agradecida y comprometida conmigo. Eso es lo que pienso. Bueno, te veo en cinco minutos.*

Entonces Leonardo comenzó a observar cuántos cuadros tan hermosos y todas esas esculturas de mármol blanco que contrastaban con las inmensas paredes cubiertas de cedro. También había todo tipo de colecciones de objetos antiguos. Por doquier se veían figuras de diferentes especies de deidades de otras culturas cuyas sombras proyectadas perdían sus formas abarcando el pulido y cristalino piso en jaspe. Era como entrar en un Museo. Leonardo quedó atónito. Pero al voltearse hacia el recibidor, observó un gran búcaro con una serie de hermosos bastones, que le acusó curiosidad.

El joven tomó uno al azar, mientras se preguntaba de quien podría ser esos bastones tan elegantes. Este en particular era negro con un perfecto pulido, adornado por unas extrañas inscripciones de carácter sumerio, con ambos extremos en plata y una gran amatista a modo de empuñadura.

De pronto su imaginación comenzó a correr y sin darse cuenta empezó a emular el peculiar andar *"al estilo de Don Juan"*. Pero una voz lo saca de aquel letargo.

Jairo: *Le pertenecen a Margaret.*

Leonardo: *¡Ah..! Perdone mi atrevimiento.*

Jairo: *No hay cuidado hijo.*

Leonardo: *¿Los colecciona?*

Jairo: *Aparte de ser su "mejor herramienta", sí.*

Leonardo: *¿Qué quiere decir con eso?*

Jairo: *Margaret es una paciente no vidente.*

Leonardo: *¿Qué..? ¿Habla en serio? Pero... ¡Pero no lo parece!*

Jairo: *Sí, así es. Es que ella no utiliza los bastones en la casa, pues la conoce tanto y tan bien que no le hace falta. Pero cuando sale a hacer sus diligencias le sirve de gran ayuda.*

Leonardo: *¿Pero cómo supo ella que yo estaba con usted?*

Jairo: *Ella tiene todos y cada unos de sus sentidos súper desarrollados, excepto su visión, claro. Es lo habitual, con los ciegos, que tengan todos sus otros sentidos más aguzados.*

Pero es cierto que ella es especial. Créeme que muchas veces me hace pensar que tiene una visión perfecta. Poco a poco te darás cuenta a qué me refiero. Es más, ella se encuentra ahora en el segundo nivel, y si no quieres que escuche nuestra conversación, es mejor que me acompañes a mi oficina. Sígueme.

Leonardo se quedó pensando si el viejo sólo estaba exagerando. Y que tal vez de forma disimulada lo hacía para poner cierta distancia entre él y ella.

Pronto llegaron a una impresionante biblioteca que tenía un ostentoso escritorio de madera en el centro. Una lujosa alfombra con diseños arabescos y una gran ventana de cristal que mostraba un hermoso paisaje paradisíaco. Entonces el viejo le dijo:

Jairo: *Este es mi mejor espacio. Puedes hacer uso de él, siempre y cuando vengas a leer y en silencio.*

El joven estaba impresionado con aquel lugar pero aún quedaba una pregunta por hacer con respecto a Margaret:

Leonardo: *Disculpe la pregunta Don Jairo, pero ¿por qué quedó ciega?*

Jairo: *Cuando ella apenas tenía cinco años, hubo un terremoto en el país. Margaret vivía con sus padres y éstos murieron. Ella quedó pillada por varios días entre los escombros. Al parecer el hambre y los fuertes golpes que recibió le afectaron en gran manera su visión.*

Leonardo: *¡Pobre niña! Supongo que sufrió muchísimo.*

Jairo: *Sí, así es. Pero ella siempre ha sido muy fuerte.*

Leonardo: *Y... ¿cómo la encontraron?*

Jairo: *Pues unos días después del terremoto se encontraba una brigada limpiando la zona. Éstos encontraron el cuerpo de su madre en estado de descomposición, pero le faltaba un brazo. Los trabajadores al ver la posición tan peculiar del cuerpo, decidieron buscar entre los escombros. Entonces a unos pies de profundidad lo encontraron, y también a la niña, a la que éste estaba sujetando.*

Leonardo: *¡Qué aterrador!*

En ese preciso momento Margaret tocó a la puerta.

Margaret: *Disculpe, tío. La habitación del joven está lista.*

Jairo: *Bueno, jovencito, luego hablaremos en la cena, por el momento tomaré una siesta. Tú si quieres puedes hacer lo mismo.*

Leonardo: *Sí, creo que es muy buena idea... Hasta luego.*

Jairo: *Hasta luego.*

Margaret: *Acompáñeme, por favor.*

Así pues, Leonardo siguió a Margaret a su nueva habitación mientras observaba en silencio cómo ella se desplazaba hábilmente por la mansión. Entonces ella comentó:

Margaret: *¿A qué se debe su silencio? ¿Hay algo que le llame la atención? Como si algo lo asombrara.*

Leonardo: *No, esteee... ¿Asombrado por qué?*

Margaret: *Entiendo su gesto tan caballeroso de hacerse el desentendido. Pero, no se preocupe por mí. El hecho de ser no vidente no me hace sentir menos que nadie. Por el contrario, me hace sobresalir de los demás. Sé que si hacemos una competición en un campo abierto, y yo ato tus ojos con una banda y te dejo solo, no tardarías un minuto en tropezar con algo. Y yo, sin embargo, te ganaría.*

Leonardo comenzó a reír:

Leonardo: *Ja, ja. Buen punto... Tienes razón. Posees muchas habilidades que no todo el mundo tiene. Eso te hace... especial... A propósito, ¿cómo sabías que yo estaba enterado que eras no vidente?*

Margaret: *Ah... perdona. Pero se me hace difícil evitar escuchar las cosas a la distancia. A veces creo que hasta oigo mejor que de cerca.*

Leonardo: *De verdad que cada vez me sorprendes más.*

Margaret: *¿Te sorprendo más? ¿A qué te refieres? ¡Si apenas acabas de conocerme!*

Leonardo: *Bueno no quiero sonar atrevido... pero no sé si tienes idea de lo hermosa que eres... y eso me impactó mucho.*

Margaret se sonrojó un poco y acompañando sus palabras con una leve, casi tímida sonrisa, le dijo:

Margaret: *¡Ah! ¡Conque eres todo un "Don Juan"..!*

Leonardo: *¿Qué? ¿Cómo me llamaste?*

Margaret: *Cálmate. Sólo es una expresión que todo el mundo conoce... Gracias por tu cumplido. En verdad me halagas.*

Leonardo: *Pero... a propósito. ¿Conoces a Don Juan?*

Margaret: *¿Quién no conoce a Don Juan?*

Leonardo: *Sí... pero, ¿lo conoces? Es decir ¿Conoces de Don Juan lo suficiente?*

Margaret: *¿Por qué tu insistencia? ¿Acaso eres tú quien lo conoce?*

Leonardo: *Sí... Bueno, no. Pero de cierta forma sí.*

Margaret: *¿A qué te refieres? No acabo de comprenderte.*

Leonardo: *Oye. No sé si será correcto que te comente una cosa...*

Bueno, si te digo algo... ¿juras que no se lo dices a nadie?

Margaret: *Si es tan especial para ti... Te lo juro.*

Leonardo le contó más o menos lo que creyó correcto. Le habló del diario. Pero no le dijo que lo había leído completamente, ni mucho menos que lo había estado transcribiendo en parte, porque mucha de la información estaba ilegible.

Margaret: *¿Y qué harás con él?*

Leonardo: *Pues, pienso devolvérselo de alguna manera. Luego de haber leído lo que pude, me puse a pensar, que no era correcto divulgar los secretos de nadie. No sé por qué ese diario llegó a mis manos. A veces pienso que pudo ser que yo lo protegería de alguna forma. Pero si caía en manos de otro... Lo más seguro sería que ahora mis-*

mo todo el mundo estaría enterado quién es él en realidad. ¡No sabes cuanta gente lo odia! Aunque a la misma vez lo respetan. Lo saludan con hipocresía y sin mirarlo a la cara... casi como si fuera un espectro. Además, en una ocasión perdí el libro y un forastero me lo regresó. El me dijo que no sabía leer... Pero, si eran mentiras y me lo devolvió porque quería librarse de culpa.

Él preferiría salvar su pellejo... A veces ni duermo bien pensando en que ese forastero le diga quién tiene su diario. Por eso ruego que sea cierto que aquel hombre en realidad no sabía leer.

Pero ahora te digo a ti que no sé lo digas a nadie.

Margaret: *"Cerraré mi boca bajo siete llaves"* –le respondió la joven–. *Bueno, te veré en la cena.*

A Margaret le pareció interesante la conversación, y lo atento que Leonardo había sido con ella. Se dirigió a la cocina a preparar la cena y mientras cocinaba pensaba en el chico y su historia.

Por otro lado el joven se recostó e inmediatamente se quedó dormido. Luego de un rato lo despertó un aromático y tentador olor a comida. Nunca en su vida había olido algo igual. Se dio un baño y bajó las escaleras hasta llegar a la cocina.

Margaret: *¿Cómo rayos llegaste a la cocina sin perderte?*

Leonardo: *¿Cómo rayos sabías que yo estaba aquí?*

Ambos comenzaron a reír.

Margaret: *Pues yo... está bien tú... ehh...*

Ambos balbucearon a la vez y rieron una vez más.

Leonardo: *Está bien. Comienza tú.*

Margaret: *Ya sabes. Como te dije, mis sentidos están bien afinados. Puedo percibir la presencia de personas a varios metros de distancia. A parte de eso, tengo muy buen olfato... Esa colonia que traes puesta era del Señor Marquis, dicho sea de paso. El cuarto que* *estás usando lo usaba él, cada vez que venía. Pero ya hace varios años que no se aparece por aquí. Pues el maldito alcohol lo dominó hasta arrastrarlo a las calles.*

Leonardo, interrumpió a la hermosa joven que seguía hablando mientras cortaba unos frescos vegetales:

Leonardo: *¡Ya no lo arrastrará más!*

Margaret: *¿Qué quieres decir con eso?*

Leonardo: *Pues... ya partió de este mundo.*

Margaret: *¿Qué dices? ¿Pero cómo..? ¡Oh, no!*

Margaret comenzó a llorar sin percatarse que, al distraerse de lo que estaba haciendo, por la reacción que le produjo la inesperada noticia, el cuchillo se deslizó y le hizo una cortadura en uno de sus dedos.

Leonardo: *¡Te cortaste! Estás sangrando, por favor siéntate. Yo te curaré la herida. En verdad te pido disculpas, no pensé bien en cómo debería haberte contado eso.*

Será mejor no hablar del tema. Veo que te afecta su muerte, al igual que a Don Jairo y a mí.

En realidad ambos hemos decidido hablar del tema lo menos posible.

Entonces Margaret, haciendo caso al chico con una voz entrecortada y sollozando, trató de reanudar la conversación y preguntó:

Margaret: *Entonces... ¿cómo supiste dónde estaba la cocina?*

Leonardo: *Pues yo tengo bien desarrollado el sentido del olfato. Pero aunque no lo tuviera, eso que estás cocinando huele delicioso. Has perfumado la casa con olores a especias. Si fuera un gigante me comería la casa de un solo bocado y te llevaría a mi palacio para deleitarme con tu presencia y tu buena mano para la cocina.*

Margaret rió con suavidad, mientras comenzaba a considerar a Leonardo de una manera distinta. Aparte de haber captado sus piropos, este no se escuchaba como los otros jóvenes de la ciudad. Sentía que él era dueño de un gran corazón y de cierta inocencia. Y si el señor Jairo lo había traído a vivir allí era porque de cierta manera este había sentido lo mismo.

Margaret: *Ja, ja, ja, qué curioso eres... Bueno tengo que terminar la ensalada para luego servir la cena.*

Leonardo: *Oye si no es molestia, permíteme terminar la ensalada. No vaya ser que te lastimes. Tú, si quieres, sirve la comida con mucho cuidado... yo esa parte de acomodar los cubiertos no tengo ni remota idea de cómo se hace...*

Margaret: *Si así lo quieres... con mucho gusto.*

En esos precisos momentos Jairo entró en la cocina:

Jairo: *¿Conque esta noche cambiamos de cocinero?*

Leonardo: *¡Oh, no! Sólo ayudaba a Margaret, ya que se dio una cortadura mientras hacía la ensalada*

Jairo: *¿Fue mucho?*

Margaret: *No. No fue nada, apenas un cortecito.*

Jairo: *Entonces, ¡veo que se llevan de maravilla!*

Hijo, tienes que tener algún encanto porque Margaret, aunque es muy buena chica, es muy exigente a la hora de escoger a sus amigos.

Qué bien, porque no me gustaría tener un hogar disfuncional. –Dijo, en tono de broma.

Así se mantuvieron durante la cena. Hablando de todo un poco, hasta la hora de marchar a dormir.

Jairo: *Bueno chicos, no sé ustedes pero yo me retiraré a dormir. Mañana será otro día. Y tú Leonardo tienes que matricularte en la* *universidad. Bueno que pasen buenas noches. Y Margaret... gracias por la comida.*

Leonardo: *Si Margaret me lo permite, yo me quedaré ayudando a recoger la mesa. Y luego me iré a dormir.*

Margaret: *Claro, no hay problema.*

Así ambos se quedaron en la cocina mientras hablaban de todo lo que se les ocurría hasta que se despidieron para marcharse a dormir.

Leonardo: *Que tengas buenas noches, Margaret.*

Margaret: *Buenas noches, Leonardo.*

A la mañana siguiente todos se despertaron muy temprano. Pero ya Margaret había preparado el desayuno y Jairo estaba leyendo el periódico mientras terminaba su café.

Leonardo: *Buenos días. Disculpen, espero no haber llegado tarde.*

Jairo: *No te preocupes hijo están a tiempo.*

Leonardo: *¿Están?*

Jairo: *Sí. Es que recibí una llamada telefónica inesperada, y resultó ser que tengo que ir a atender unos asuntos importantes al otro lado de la ciudad. Y tú no te preocupes, que Margaret se conoce muy bien la universidad. Aparte que en toda la facultad la quieren mucho y otros le temen.*

Margaret: *¿Le temen? Por favor, señor Jairo tampoco creo que sea para tanto.*

Jairo: *Sí, hijo, así como lo oyes, porque esa jovencita que tú ves ahí tiene un temperamento... ¿cómo decirlo? A veces algo... increíble. Bueno... me marcho, entonces. Los veré luego.*

Leonardo: *Por cierto. ¿Cree que yo pueda conseguir un trabajo más o menos cerca de la universidad? Es que llevo días y no logro nada.*

Jairo: *¡Pero hijo! No tienes necesidad de trabajar. Vas a empezar a estudiar.*

Leonardo: *Sí. Pero es que siempre he estado acostumbrado a rebuscármelas de una forma u otra. Y no quiero perder la costumbre. Además no quiero tener mi mente ociosa.*

Jairo: *Bueno hijo, de ser así me lo hubieras dicho antes... Dame un minuto.*

Jairo sacó su celular y llamó a varias personas. Luego de algunos quince minutos se dirigió a Leonardo y le dijo:

Jairo: *¿Te interesaría un puesto de supervisor en la biblioteca nacional?*

Leonardo: *¿De veras?*

Jairo: *¿Lo aceptas?*

Leonardo: *¡Pues sí!*

Jairo: *Tienes que presentarte el jueves a las diez de la mañana. Preguntas por el Señor Villalobos y le dices que yo te envié.*

Jairo se dirigió a su celular certificó la cita y colgó.

Leonardo: *¡Eres grandioso! ¡Gracias!*

Jairo: *No es nada, hijo. Espero que sea más o menos lo que buscabas.*

Leonardo: *¡Por favor! ¡Es fenomenal! No sé cómo lo haces, pero eres grandioso.*

Ambos jóvenes lo despidieron. Cuando Jairo hubo cerrado la puerta Margaret, sin pensarlo mucho, agarró uno de sus bastones y le preguntó a Leonardo:

Margaret: *¿Estás listo?*

Leonardo: Sí.

CAPÍTULO 7

DOS SUCESOS INESPERADOS

Así se marcharon juntos hasta la universidad mientras hablaban de todo por el camino. Tomaron el tren. Hicieron todo lo planificado por ese día. Fueron a almorzar juntos. Y durante la tarde fueron a pasear por un parque. Allí les sorprendió el crepúsculo y Leonardo se percató de eso:

Leonardo: *Margaret, ya pronto nos cae la noche.*

Margaret: *¿De veras? ¡Cómo pasa el tiempo! Siempre calculo más o menos cuándo cae la noche. Hacía mucho tiempo que no se me pasaba la hora. Jairo debe estar preocupado.*

En esos precisos momentos Jairo llamó al celular.

Jairo: *Hola, Margaret, soy Jairo. ¿Lograron hacer todo?*

Margaret: *Sí, señor.*

Jairo: *Qué bien. Me quedaré en un hotel, pues las cosas se complicaron un poco. Estaré de vuelta mañana en la tarde. ¡Adiós!*

Margaret: *Ok. Adiós*

Leonardo: *¿Está preocupado o enojado?*

Margaret: *Por suerte no está en la casa. Llegará mañana. Al parecer se quedará en un hotel.*

Leonardo: *Vamos, que ya es tarde.*

Margaret: *Sí, vamos.*

Al cabo de un rato mientras caminaban por el parque, Margaret percibió una mala sensación. Presentía como si alguien los estuviera siguiendo. De pronto, sin mediar palabras y de forma abrupta, empujó a Leonardo y este, aturdido, cayó al suelo. En lo que el chico se ponía de pies ella hizo un movimiento con su bastón y golpear a un ratero que se encontraba escondido entre los arbustos. Luego que le cayera a golpes, Margaret se defendió de una manera asombrosa, utilizando pies, brazos y puños con ágiles movimientos. Su velocidad era increíble. El ladrón cayó al suelo. Mientras que Margaret agarró a Leonardo por el brazo y empezaron a correr.

Leonardo quedó paralizado, pues nunca había visto algo igual, no sólo porque era una mujer, sino porque, además, era una chica no vidente.

Estaba aturdido y una sensación de pena e impotencia lo arropó. No era que él no supiera defenderse, pues como todo chico que se ha criado en la calle, ya le habían ocurrido cosas similares. Pero de algo estaba seguro: que él no hizo nada y si hubiera hecho algo, de seguro, todavía estuviera allí luchando con el ladrón. Luego de correr y correr, llegaron a un establecimiento donde se encontraron seguros. De pronto Leonardo vio que en la ropa de Margaret había sangre.

Leonardo: *¡Estás sangrando!*

Margaret: *No te preocupes, fue que me lastimé el dedo.*

Leonardo: *¡Me asustaste! ¿Pero... cómo..?*

Margaret: *Sí. Sé qué vas a preguntar...*

Es que Jairo desde que yo era pequeña, al ver que era ciega, sabía que necesitaría defenderme sola en algún momento. Entonces buscó varios maestros en diferentes artes marciales y desde que tenía nueve años hasta los veinte, pude aprender judo, Kung-fu y Tai-kwan-do entre otras disciplinas y, dicho sea de paso, he ido a varios países a competir y he ganado varias medallas. Pero eso es otra historia.

Leonardo: *¡Eres asombrosa!*

Margaret: *Si quieres, te puedo enseñar...*

Leonardo: *Créeme que necesitaré de una buena instructora.*

Entonces ambos tomaron un taxi hasta llegar a la casa.

Leonardo: *Bueno tanta excitación me dio hambre.*

Margaret: *¡Ja, ja, ja! yo también tengo hambre.*

Prepararé algo de comer y... —empezó a decir ella, pero Leonardo la interrumpió:

Leonardo: *No, tú te quedaras ahí. Yo lo prepararé. Es lo menos que puedo hacer luego de "salvarme la vida".*

Margaret: *¡Ja, ja, ja! Tú y tus cosas. Está bien, ¡veremos qué tan bien cocinas!*

Leonardo: *Pues para serte sincero es la primera vez que lo haré.*

Margaret: *¿De verdad?*

Entonces... ¿Seré tu conejillo de indias?

Leonardo: *Espero no decepcionarte.*

En pocos minutos Leonardo había preparado dos suculentos emparedados con jalea de fresas y sendas tazas de chocolate caliente.

Margaret: *¡Mmmmm! ¡No huele mal!*

Leonardo: *¿Adivina lo que es?*

Margaret: *A juzgar por ese olor... creo que es... ¡emparedado con jalea de fresas y una taza de chocolate caliente!*

Leonardo: *¡Oye, te quiero sorprender y siempre termino siendo yo el sorprendido!*

¿Acaso acostumbras a comer en la cafetería de alguna funeraria?

Margaret: *¿Qué dices?*

Leonardo: *No, nada. Que ¿cómo lo supiste?*

Margaret: *¡Era mi postre favorito cuando era pequeña!*

Leonardo: *¡Pues al menos la pegué..!*

A mí en lo que respecta ha sido mucho más que un postre.

Así hablaron gran parte de la noche, sentados en un amplio sillón. Ambos conversaron superficialmente acerca de sus vidas y advirtieron que tenían varias cosas en común. Luego Margaret se quedó dormida. Leonardo aprovechó el momento para observar detenidamente y en silencio su extrema belleza, hasta que de igual manera terminó por quedarse dormido él también.

Pero luego de un largo rato, el joven sintió como si el viento acariciara su cuello y esto lo hizo despertar. Era que Margaret mientras dormía se había apoyado en él. Leonardo, que aún estaba medio dormido, se apenó y le susurró al oído:

Leonardo: *¡Eh! Margaret... Hermosa, despierta... no nos podemos quedar aquí.*

Al oír su voz, Margaret sólo reaccionó con un rozar de sus labios. Leonardo, al ver sus ojos azules entreabiertos, enfocando hacia él pero sin verlo y el contacto de la cálida suavidad de sus carnosos labios, no hizo más que corresponderle. Ambos, embriagados por el sueño y una sensación extraña que los hacía renunciar a su voluntad, se abandonaron a las sensaciones.

Comenzaron a besarse casi con desesperación. Sus manos temblorosas recorrían cada rincón de sus cuerpos. Ambos, dominados por el éxtasis, experimentaban por vez primera lo que se podría describir como una catarsis. Leonardo la levantó con fuerza hasta llevarla al tope de aquel gran sillón. No tenían control alguno de lo que hacían. Margaret clavaba sus uñas en la espalda de Leonardo, mientras este bajaba con sus labios por su cuello, luego su pecho, hasta llegar al lugar más sublime de su cuerpo, en el que comenzó a beber del cuenco de ella el elixir de la vida. Fue entonces aquí que el chico quedo atrapado por el virginal aroma que brotaba del interior de este sagrario escondido que era el sexo de Margaret y por el sabor adictivo que anulaba su más férrea voluntad, sintiendo como si dependiera de ese aroma y ese sabor, para poder respirar. Entonces ella dejó escapar un gemido que lo enardeció. Leonardo sentía las manos de Margaret apretar despiadadamente sus brazos como mostrándole que ya estaba lista, como una presa, anhelando ser inmolada para su ansiada expiación. Él no la hizo esperar más y juntos participaron de la más cercana experiencia a lo que es sentirse como un par de dioses jugueteando en el vasto firmamento. Luego, ambos experimentaron una espontánea agonía que los llevó al éxtasis. Agitados, hicieron una pausa. Margaret jadeaba, mientras que Leonardo no reaccionaba. Pero al cabo de varios segundos, luego de una intensa corriente espinal que sacudía cada rincón de sus cuerpos, ambos se abrazaron y lloraron juntos. Sabían lo que habían hecho, pero no había lugar para arrepentimientos. No sentían culpa. Pero sí sentían una rara sensación de traición a la confianza que Jairo les había otorgado. Ambos callaban mientras recogían el desorden de las ropas esparcidas por el piso. Al terminar, nuevamente se abrazaron, Margaret se marchó, y Leonardo se quedó sentado en una silla, con sus brazos entrelazados en la mesa y la cabeza gacha. Luego de un profundo suspiro se marchó a su cuarto.

Al día siguiente ambos desayunaron, pero sin intercambiar ni una palabra. Leonardo procedió a marcharse a su primer día de universidad. Pero, dentro de sí, quería hablarle.

Leonardo: *Margaret... Yo...*

Margaret: *!Shhhhhhhhh..! No digas nada y que tengas suerte en tu primer día...*

Leonardo serró la puerta y se marchó. Estuvo fuera la mayor parte del día. Al llegar el atardecer Jairo regresó a la casa.

Jairo: *Buenas tardes, Margaret.*

Margaret: *Buenas tardes, tío Jairo.*

Jairo: *Te noto algo apagada...*

Margaret: *No, sólo pienso.*

Jairo: *¿Te pasó algo en mi ausencia?*

Margaret: *No... Es decir... sí.*

Jairo: *¿Puedo saberlo?*

Margaret: *Sí... es que ayer mientras estaba con Leonardo pasó algo inesperado.*

Jairo: *¿Cómo qué?*

Margaret: *Fuimos atacados por un ladrón. Pero no fue nada... Creo que le enseñaré a Leonardo cómo defenderse. Lo necesitará.*

Jairo: *¿Pero están bien? ¿Llamaron a las autoridades?*

Margaret: *No, todo quedó así. Luego del incidente salimos corriendo hasta encontrar un lugar seguro.*

Jairo: *Esta condenada ciudad cada vez se pone peor. De ahora en adelante no más taxis no más trenes. Quizás no debí dejarlos ir solos. Gracias al cielo están bien.*

Entonces... ¿Leonardo aún no ha llegado?

En ese preciso momento el chico hizo su entrada a la casa luego de su primer día universitario.

Leonardo: *¡Don Jairo, qué bien, llegaste!*

Jairo: *Precisamente por ti estaba preguntando. ¿Cómo te fue en tu primer día?*

Leonardo: *Me fue maravilloso. Mejor de lo que pensé.*

Jairo: *¡Qué bien! Pero ahora quiero hablar de lo que sucedió ayer contigo y Margaret...*

Leonardo abrió los ojos mientras sentía que el mundo se le derrumbaba. Pensó en lo que había ocurrido entre ellos. Pero, no encontraba cómo reaccionar.

Leonardo: *¿Margaret... le contó..?*

Margaret rápidamente interrumpe a Leonardo como para alertarlo.

Margaret: *Sí, le dije que intentaron robarnos... y que yo te salvé la vida...*

Leonardo: *¡Ahhh! Sí, sí. Así fue. ¡Gracias a Margaret es que estoy vivo!*

Leonardo rápidamente reaccionó con un suspiro, puesto que pensó que Margaret le había contado a Jairo lo sucedido por la noche. Olvidando por completo el suceso del ladrón.

Jairo: *Te lo dije, que ella, te iba a sorprender.*

Leonardo: *No tiene idea de cómo me ha sorprendido y no se imagina lo comprometido que me siento con ella luego de lo que ocurrió anoche.*

Margaret entendió perfectamente lo que Leonardo había querido decir con estas últimas palabras. Sabía que no eran dirigidas a Jairo sino a ella.

Jairo: *No quiero que vuelva a suceder. El sábado nos iremos todos al concesionario a comprar un auto nuevo.*

Margaret: *¡Pero, tío! Si no sabes conducir automóviles.*

Jairo: *Bueno... eso se lo dejaremos a Leonardo. Digo, si es que él lo aprueba.*

¿Alguna vez has guiado un auto?

Leonardo: *Sí... pero por favor, no me pregunte. Usted entenderá, no quiero acordarme de los errores del pasado.*

Jairo: *No te preocupes hijo, este lo obtendrás por vías legales. ¡Hasta lo pondré a tu nombre..!*

Bueno chicos, me daré un buen baño, y luego hablaremos al respecto. Los dejo.

Capítulo 8

Un amor sin posibilidades

Al marcharse Don Jairo, Margaret se acercó a Leonardo y le dijo en baja voz.

Margaret: *Tenemos que hablar.*

Leonardo: *Sí, claro, te escucho.*

Margaret: *Lo que pasó anoche no puede volver a ocurrir nuca más. No sé cómo sucedió. Jamás había estado en esa situación. ¿Tú sabes el lío que se formaría si mi tío se entera? Terminaríamos los dos fuera de la casa. No tienes idea de lo que es verlo enojado.*

Leonardo: *¡Pero es que lo que yo sentí no es normal! ¡Fue algo fuera de este mundo! Además, desde que te vi por primera vez, sentí una fuerte atracción que no puedo explicar. Yo nunca...*

Margaret: *¿Pero acaso no te das cuenta que lo nuestro no tiene posibilidades?*

¡Además... soy ocho años mayor que tú!

¡Por otro lado sabes que tengo limitaciones!

Leonardo: *¿Limitaciones? ¿A qué te refieres con eso? ¡Por favor Margaret limitaciones tenemos todos!*

Margaret: *¡Sabes que soy ciega!*

Leonardo: *¡Ah! Entiendo... No puedes ver...*

Ambos ya estaban exaltados. Leonardo de pronto le aventó un libro a Margaret, pero ésta rápidamente lo agarró y se lo devolvió de la misma manera. Logrando golpearlo.

Leonardo: *¿Lo ves? ¿Ves que no eres ciega? ¿Qué el "ciego" soy yo por no poder esquivarlo? ¿Sabes? Tal vez tengas razón, eres ciega. Los seres humanos dejan de ver la realidad cuando cierran los ojos de su corazón. ¡Espero que algún día los abras!*

Margaret comenzó a llorar en silencio.

Leonardo: *Perdona por lanzarte el libro pero lo creí necesario para que entendieras que tú ves mejor de lo que te imaginas...*

Ah... Y no me prepares la cena. Me quedaré en la habitación.

A los pocos minutos Jairo bajó a cenar y preguntó por Leonardo. Pero Margaret le contestó que al parecer este se había quedado dormido. Entonces, decidió ir a buscarlo pero, al tocar a la puerta, Leonardo no le contestó. Luego de varios intentos se retiró.

Jairo: *Sí. Al parecer se quedó dormido. Debió ser un día muy agitado para él.*

Margaret aprovechó, agarró unas cebollas y comenzó a cortarlas. Queriendo confundir su llanto, con el efecto causado por éstas. Jairo se acercó y comenzó a hablarle mientras le ayudaba en la cocina. Luego se sentaron a la mesa a cenar y a conversar del lo bien que resultaría la idea de comprar el auto, hasta que se hizo la hora de dormir.

Leonardo, por otro lado, no podía conciliar el sueño. No lograba entender por qué la vida era tan injusta. Además se preguntaba por qué de todas las mujeres del mundo, justo se tuvo que fijar en la sobrina de Don Jairo. Pensó que tal vez ella tenía razón. Que si el viejo se enteraba de todo lo que había pasado entre ellos se rompería, y no le perdonaría si algo así ocurría.

Leonardo: *No puedo faltarle el respeto de ésta manera. Jairo me ha tratado como a un hijo.*

Por otro lado no me perdonaría que por mi culpa se decepcionara de Margaret. Ella no se lo merece.

Así continuó pensando hasta que se dio cuenta que ya era de mañana. Decidió levantarse pues ya era la hora de marcharse. Fue hasta la cocina, preparó el desayuno para todos y lo sirvió en la mesa. Luego de dar cuenta del suyo, se marchó a la universidad.

Al pasar varios minutos Margaret dirigió a la cocina un poco desconcertada luego de haber pasado una pésima noche. Cuando Jairo llegó notó que Margaret preparaba un segundo desayuno. Entonces comentó.

Jairo: *¿Por qué preparas otro desayuno?*

Margaret: *¿A qué te refieres?*

Jairo: *Pues, a que el desayuno ya está servido en la mesa.*

Margaret: *¡Pues no fui yo quien lo preparó!*

Jairo: *Pues entonces si no fuiste tú...*

Margaret: *¡Fue Leonardo!*

Jairo se levantó y fue hasta el cuarto de Leonardo. Al darse cuenta que se había ido regresó al comedor.

Jairo: *Sí, al parecer fue él, pero ya se marchó. Cada día ese jovencito me sorprende más.*

¿No te parece un buen muchacho?

CAPÍTULO 9

LEONARDO, INTENTA SER, TODO UN "DON JUAN"

En esos precisos momentos Leonardo acababa de llegar al recinto. Ya había tomado la iniciativa de olvidarse de Margaret pero, tratando de reprimir sus sentimientos, se dijo:

Leonardo: *¡Sí! ¡Para qué pensar en Margaret cuando aquí, en la universidad, lo tengo todo!*

Mujeres bonitas y... ¡ "El Diario Perdido de Don Juan"! ¡Claro! ¿Por qué no lo pensé antes?

¡Hoy comenzaré una nueva vida!

Así pasaron un par de días. Leonardo había cambiado hasta su forma de vestir. Algo casual pero con mucho estilo. También había modificado su comportamiento con las mujeres que era algo más atrevido, pero con mucha categoría.

Era domingo y Jairo se había levantado temprano recordándole a Margaret y a Leonardo que ese día comprarían el auto. Ambos jóvenes se prepararon y acompañaron al anciano a varios concesionarias de automóviles de la zona. Y aunque entre Leonardo y Margaret apenas si cruzaron palabra, entre todos pudieron elegir un Jaguar último modelo. Jairo lo eligió por su brillante color negro, la elegancia del diseño y su estilo. Leonardo se había fijado en su potente motor y en su asientos de cuero auténtico, y Margaret por su indiscutible comodidad. Todos sabían que habían hecho una buena elección. De esta manera se marcharon, y Jairo aprovechó para invitarlos al pueblo, a celebrar con un exquisito helado la adquisición.

El lunes por la mañana luego del desayuno Leonardo procedía a marcharse a pie cuando Jairo le preguntó:

Jairo: *¿Para dónde vas, Leonardo?*

Leonardo: *Para la universidad.*

Jairo: *¿Por qué no usas el auto?*

Leonardo: *Pues... no quiero abusar de su confianza.*

Jairo: *No tiene sentido comprar un auto si no se le da uso.*

Leonardo: *Pero...*

Jairo: *Después que lo manejes con responsabilidad lo puedes usar cuando quieras y para lo que quieras. Siempre y cuando lo consideres necesario.*

Jairo le lanzó las llaves mientras le dice:

Jairo: *Toma las llaves, y cuídate mucho en la calle.*

Leonardo: *¡Gracias, señor!*

Estando en la universidad Leonardo no tardó en hacer amigos. Era un muchacho muy sociable e inteligente, gracias al "Profe," que le había enseñado tantos temas interesantes. Pero no se hizo esperar su popularidad.

Una de esas tardes mientras se encontraba en la cafetería, observó una chica que almorzaba con una amiga, que según el diario, era catalogada como la "mujer difícil". Ese tipo de chicas que aparte de creerse bonita, es la que muestra una barrera, como pantalla, haciéndose rogar. Pero a la hora de la verdad, es la más fácil de todas. Ésta, por lo general, ha tenido un sinnúmero de aventuras, las cuales piensa que la gente desconoce. "Manera de acercarse" –se dijo Leonardo–: determinación pero con cierto desinterés".

Leonardo quien había leído cómo debe ser el acercamiento a este tipo de mujer actuó rápido y sin vacilar. Procedió a escribirle una nota en un papel. Pero ésta no iba dirigida a la chica que realmente le agradaba sino a su amiga, demostrando, en apariencia, que su amiga era más bonita que ella.

La nota decía:

"Noté que tu amiga parece ser algo tímida, pero tiene un no sé qué, que me gusta, creo que es una de las más bellas que he visto en la universidad. ¿Podrías ser tan amable y presentármela?"

Luego se dirigió disimuladamente hacia ella y se la entregó, marchándose de inmediato.

Leonardo sabía que ella no lo haría, y que tendría que esperar por la reacción de la "chica difícil". Que era la que realmente le gustaba.

Luego de un rato la "chica difícil" se le acercó y le dijo:

"La Chica": *¿Sabes? No creo que seas de su tipo.*

Leonardo: *¿Ah, no? ¿Entonces cómo crees que será su tipo... igual que el tuyo?*

"La Chica": *No. Definitivamente no tenemos los mismos gustos.*

Leonardo: *Entonces... ¿Cuál es tu tipo? Pero, por cierto, no nos hemos presentado... ¿Con quién tengo el privilegio de hablar?*

"La Chica": *Mi nombre es Ángela. Mucho gusto. ¿Y el tuyo?*

Leonardo: *Mi nombre es Leonardo... Encantado de conocerte, Ángela.*

Lo había conseguido. Había logrado tener a la chica en su "territorio". Aunque al mismo tiempo se preguntaba cuál de los dos terminaría siendo la presa.

Así charlaron por un tiempo hasta que acordaron salir en la noche. Luego ambos se despidieron y se marcharon.

Leonardo ya se encontraba en su auto, mientras manejaba hacia su casa. No dejaba de asombrarse lo efectivos que resultaron ser los consejos del diario. Pero al llegar a la casa Margaret pudo percibir el comportamiento de Leonardo. Sabía que esa peculiar alegría se debía a algo en particular. Sintió un dolor profundo en su corazón pues ya la relación entre ellos no era la misma y ella nunca pudo borrar lo que sintió aquella noche apasionada. Pero aún así mantuvo la distancia.

Leonardo: *Buenas tardes a todos.*

Jairo: *Buenas tardes... ¡Oye, ya no te dejas ver!*

Leonardo: *He estado muy ocupado con la universidad. Tengo una considerable cantidad de libros para leer.*

Pero hoy me tomaré la noche libre. Al respecto, Don Jairo, ¿puedo usar el auto hoy por la noche?

Jairo: *Claro hijo, ya sabes lo que te dije. Mientras conduzcas con cuidado no hay problemas.*

Margaret se dio cuenta que todo estaba perdido, Leonardo se había tomado muy en serio aquella discusión.

El chico compartió la tarde con ellos y al caer la noche se marchó.

Llegó hasta un establecimiento donde pululaban muchos jóvenes universitarios. Allí estaba la chica acompañada por varias amigas, pero entre éstas no estaba su otra compañera.

Leonardo estaba siguiendo los consejos del diario al pie de la letra. Sabía que si quería tener ventaja sobre la chica, tenía que hacer ciertas cosas sutiles, entre las cuales era llegar unos minutos tarde. Por otro lado, era de esperar que Ángela no invitara a su amiga y él no podría olvidar que debía mostrar cierto interés por la otra chica. Tenía que preguntar por ella.

Leonardo: *¡Hola!*

Ángela: *Hola... te presento a mis amigas, Karla y Erika.*

Leonardo: *Un placer.*

Ángela: *Llegas cinco minutos tarde.*

Leonardo: *Sí. Había mucho tráfico... Oye ¿y tu amiga?*

Ángela: *Ella... Pues... no frecuenta estos lugares.*

Pero eso no importa. Lo que incumbe es que tú estás aquí y yo también.

Rápidamente las otras dos amigas se apartaron. Leonardo pidió dos tragos y comenzaron a charlar.

Ángela, por querer aparentar la chica más "chic", comenzó a pedir tragos exóticos y estos no tardaron en hacerle efecto. Ya hablaba una que otra incoherencia y su lengua estaba algo pesada. Leonardo sabía que si quería llegar más lejos con su chica tendría que avanzar antes que se intoxicara por el alcohol. Giró la conversación a un tema algo picante. Rápidamente, como si buscara excusas, le pidió a Ángela que lo acompañara al auto a buscar una chaqueta, aduciendo que tenía un poco de frío. Al llegar, Leonardo se le lanzó encima, besándola por sorpresa. Ella le correspondió sin más, a tal punto que comenzó a desabrocharle los botones de la camisa. Él reaccionó y abrió el auto y la haló agresivamente. Esto ocasionó que Ángela sintiera como si todo a su alrededor girara sin parar y comenzó a vomitar encima de Leonardo.

Leonardo: *¿Qué haces?*

Ángela: *Que... pena... Mira... lo que he hecho...*

Leonardo: *¡Sal del auto! ¡Lo estás manchando!*

Ángela: *No te preocupes... yo... te lo limpiaré...*

Ángela, que estaba borracha, comenzó a dar palmoteadas en el asiento queriendo limpiarlo, pero agravó la situación. Rápidamente Leonardo le dijo que por favor se fuera, que lo dejara así. Entonces fue hasta aquí que duró la aventura entre estos dos chicos.

Al día siguiente Leonardo se levantó un poco tarde, puesto que se había amanecido buscando dónde poder limpiar el auto a esas horas de la noche. Margaret, quien lo había escuchado llegar de madrugada, pensó que Leonardo había pasado toda la noche con alguna chica y sufría en silencio.

Leonardo continuó su rutina de estudio sin poder olvidar su primera y desagradable experiencia. Esto lo puso a pensar un poco en Margaret. Recordaba lo sucedido con ella y lo comparaba con el desastre ocurrido con Ángela. Ambas experiencias contrastaban ampliamente.

Una tarde cuando llegó a la casa notó que Margaret se disponía a salir.

Leonardo: *Hola... Margaret.*

Margaret: *Hola.*

Leonardo: *A donde sea que vayas, puedo llevarte.*

Margaret: *No hay cuidado. Hasta al correo, que está muy cerca.*

Leonardo: *Entonces... ¿puedo acompañarte?*

Margaret: *Si lo crees necesario...*

Leonardo: *Es que quiero hablar contigo. Ha pasado mucho tiempo desde entonces y nuestra relación empeora. No quiero que pase a mayores. Quiero volver a compartir contigo como antes.*

Margaret: *¿Ah, sí? ¿Con qué tiempo, si ya ni llegas a la casa?*

Leonardo: *Eso fue sólo una vez.*

Margaret: *Entiendo. Como al parecer nada te salió bien, ahora bienes a acordarte de mí.*

Leonardo: *Pero... ¿de qué estás hablando?*

Margaret: *¡De tus aventuritas con esas de por ahí!*

Leonardo: *¿Acaso estás celosa?*

Margaret: *No estoy celosa. ¡Es que vienes de la noche a la mañana..! ¡Te apareces ante mí, a hablarme como si nada! ¡Luego de hacerme sentir como un fantasma!*

Leonardo: *¡Pero si en un fantasma me convertí desde aquel día que me rechazaste!*

Margaret: *Yo no te rechacé...*

Leonardo: *Sabes creo que pierdo el tiempo tratando de hacer las paces contigo. ¡Adiós!*

Margaret: *Pero... ¡Leonardo!*

Margaret comenzó a llorar y se preguntaba por qué había sido tan tonta. Hubiera sido mejor escucharlo. De todos modos, él tenía razón, era ella quien lo había rechazado.

El chico se fue diciéndose, con rabia:

Leonardo: *"Sabía que perdería el tiempo... A ese estúpido diario le falta una clasificación con respecto a las mujeres. Sí, y yo se lo añadiré. 'La mujer difícil y terca' es aquella que se da por supuesto porque finge sentirse segura de que tiene la razón. Por otro lado, terca, porque aún sabiendo que se equivoca no da su brazo a torcer... Ejemplo: 'La grandiosa Margaret'... No volveré a hablarle jamás... Ya luego conoceré a alguna otra chica".*

Esa noche el joven salió a probar suerte. Aunque lo hacía porque estaba lleno de resentimiento. Puso en marcha su auto y se dirigió a un reconocido club de la ciudad. Este se caracterizaba por las hermosas chicas que asistían al lugar. Fue allí que vio de todo un poco.

CAPÍTULO 10

SEGÚN DON JUAN, ASÍ SON ELLAS

Al entrar al bar, Leonardo pidió una botella y una copa de vino tinto y se sentó en una esquina de la barra dispuesto a ver el desfile. Pronto se le subió el alcohol a la cabeza y comenzó a clasificar a todas las chicas que se paseaban por el lugar. Desde su forma de vestir, caminar, la forma en que se movían y hasta su comportamiento.

Leonardo: *Sí, allá tenemos a una "líder de grupo". Esta es la que quiere sobresalir entre las demás. Y nadie conquista a nadie si ella no consigue primero a su hombre. Es la que por lo general conduce el vehículo, para así tener control de las demás e irse cuando a ella le da la gana. Si por alguna razón cualquiera de ellas consigue a su galán... sino se lo arrebata, se lo espanta.*

También le acompaña la "acaparadora" amiga en su exterior y rival en su interior de la "líder de grupo". Ésta siempre quiere sobresalir de entre las demás, indicio de que reconoce su insignificancia, y por lo general raya en la ridiculez. Pero me imagino que estas dos, juntas, le terminan el "show" a cualquiera, por sus enredos y sus estúpidas competencias.

A todo esto, Leonardo ya estaba hundido en el vino y no pensaba con claridad. Sus movimientos eran algo lentos y su forma de expresarse bastante incoherente.

"¡Mira!" Se dijo a sí mismo: "La ordinaria"... Según el ilustrísimo Don Juan... dicha chica... posee poco o ningún tipo de inteligencia emocional y social. No conoce el significado de lo que es ser culto, cayendo en la cafería. ¡Hip!

Claro que en ese grupo no puede faltar... "la insignificante". A ésta la cogen de punto sus amigas, cuando están aburridas...

Mujer de baja autoestima que por lo general, lo refleja en su forma de vestir. Sí, ésta es la que Don Juan cruelmente diría que viste del closet de su abuela. ¡Caramba... yo vestí así porque no me quedaba de otra! ¡Pero ésta se ve que no tiene porqué!

Bueno, al parecer... este lugar está extremadamente lleno... o más bien, yo creo que estoy viendo doble. Supongo que mejor debo irme.

Antes de marcharse, se paró en la salida, y se dirigió a todos los presentes:

Leonardo: *¡Oigan..! ¡Oigan todos y especialmente todas... ¡He pasado una noche encantadora! ¡No se imaginan cuanto me divertí con ustedes... en especial con aquel grupito de chicas... ¡Las amo a todas! ¡Hasta luego! ¡hip!*

Leonardo condujo como pudo, zigzagueando por todo el camino, hasta llegar a la casa, pero no logró poner el auto en su estacionamiento. Apenas si pudo estacionarlo dentro de la glorieta, frente al jardín de la mansión, estropeando la grama y algunas flores.

Al entrar a la casa en medio de la oscuridad, tropezó con el ánfora de los bastones haciendo un fuerte ruido. Margaret escuchó el escándalo y antes de que Jairo se despertara, bajó las escaleras a socorrer a Leonardo. Sabía que estaba borracho, pues ya le había percibido el hedor a vino que se esparcía por toda la casa. Al llegar al recibidor tropezó con el chico, que se encontraba tambaleando. Lo afirmó sobre ella y lo llevó a la bañera.

Ya en el cuarto de baño Margaret, con mucho cuidado, lo desvistió mientras la tina se llenaba de agua fría. Lo metió en ella y comenzó a bañarlo. Mientras tanto Leonardo le decía:

Leonardo: *¡Mi amor! ¡Tú me rechazaste y eso me dolió muchísimo..! ¡Hip!*

Y... ¡mira cómo estoy por tu culpa! Me fui a conocer otras mujeres... pero ninguna se acercó a la perfección tanto como tú. Todas con miles de defectos... En cambio tú...no. Tu belleza les puede dar "cátedra" a todas las mujeres de ésta ciudad. Ahora te portas bien conmigo porque piensas que estoy inconsciente. Pero quiero que sepas que no quiero volver a pelear, quiero hacer las paces contigo. Tú eres como mi ángel guardián.

Margaret: *Deja de hablar tan alto que Jairo te va a escuchar.*

Leonardo: *Jairo... ese es mi mejor tío... "tío suegro". Porque es como si fuera tu padre. Por lo tanto es mi suegro y mi tío. ¡Hip!*

Margaret: *¡Cállate! Que nos vas a meter en un gran lío. Imagínate que nos encuentre a esta hora. ¡Tú desnudo y gritando que él es tu suegro! ¡Y yo pasándote mis manos por todo el cuerpo mientras te baño!*

Entonces Margaret le dijo que se levantara que ya había terminado de bañarlo. Lo ayudó a secarse, le puso una bata y lo acostó. Mientras se metía en la cama, Leonardo le dijo:

Leonardo: *Te confieso algo... Jairo me va a matar mañana. Le he fallado a su confianza y no pude estacionar el auto donde se debe.*

Margaret: *¿Adónde lo dejaste?*

Leonardo: *En el jardín... pero se ve bonito allí rodeado de flores.*

Y así, de pronto, se quedó dormido como por arte de magia y comenzó a roncar. Margaret lo arropó como si se tratara un niño y se quedó a su lado.

De pronto, sintió ganas de llorar. Le apoyó sus manos en el rostro y comenzó a palparlo con mucha suavidad. Luego de varios minutos lo besó en sus labios, le dijo que lo amaba, en un susurro, y se marchó.

Capítulo11

Jairo amonesta a Leonardo

Al otro día Jairo se levantó y vio el auto en medio del jardín. Se enojó mucho, no por encontrarlo estacionado en aquel lugar sino por saber que el auto había sido usado de forma irresponsable. Sabía que eso era obra de un borracho. Eso era inaceptable.

Subió las escaleras hasta el cuarto de Leonardo pero, al tratar de abrir la puerta, se encontró con una nota adherida que decía:

"Perdóneme Don Jairo no merezco su confianza, pues le he fallado. No tuve la valentía de decírselo personalmente. Nunca los olvidaré."

Rápidamente Jairo abrió la puerta mientras Leonardo se disponía a salir por la ventana:

Jairo: *¿Qué piensas hacer muchacho?*

Leonardo: *Por favor déjeme ir, no soy digno de merecer su confianza.*

Jairo: *Mira muchacho, a mí no me interesa el auto ni nada. Sólo me interesa que estés bien. Un error lo comete cualquiera. Pero lo único que no te puedo perdonar es que te emborraches. ¿Es que quieres terminar como el Señor Marquis? Un profesional que lo perdió todo por causa del alcohol. No quiero volver a ver eso en ninguna persona allegada a mí. Te considero como un hijo.*

Pero dime una cosa, jovencito... ¿Qué te sucede últimamente? Te he notado algo distraído y callado. Y ahora te emborrachas. ¿Acaso estás despechado por alguien?

Leonardo: *Pues en verdad... sí.*

Jairo: *¿En serio? ¿Estás enamorado? ¡Qué bien por ti!*

Ya se me estaba haciendo raro que no te fijaras en nadie. ¡Te tardaste mucho!

Si quieres hablarme de la situación puedes hacerlo.

Leonardo: *No sé... cómo decirle.*

Jairo: *Ven, siéntate en la cama y desahógate muchacho, yo fui joven también.*

Leonardo: *Pues estoy enamorado de alguien que no me corresponde del todo.*

Jairo: *¿Pero, ella... qué dice?*

Leonardo: *Pues yo sé que ella siente algo por mí, pero se rehúsa a aceptarlo.*

Jairo: *¿Qué la detiene?*

Leonardo: *No quiere que en su casa se enteren de que pueda estar enamorada. No se lo perdonarían.*

Jairo: *Pero ¿qué tiene de malo enamorarse?*

Leonardo: *Yo entiendo que ella pueda tener razón, ¿sabes? Sé que de alguna forma es algo imposible... no sé, tal vez debo olvidarla.*

Jairo: *Mira hijo, dale tiempo al tiempo. Si es para ti, será para ti.*

Además dale su espacio, déjala que reflexione, luego se dará cuenta de lo que ella en verdad quiere... Algún día tendrá que independizarse y seguir su propio camino, sin depender de la aprobación de su familia. Sea lo que sea, si los sentimientos de ustedes son profundos, no va haber nada ni nadie que los detenga.

Así conversaron un largo rato de la situación que atormentaba al chico y de temas relacionados al sentimentalismo y luego de una breve pausa el joven comentó:

Leonardo: *De todos modos creo que por ahora debo fijarme en mi carrera.*

Jairo: *Creo que tienes razón.*

Leonardo: *Gracias por ser tan bueno conmigo.*

Jairo: *Sí. Pero esto no se acaba aquí. Con respecto al auto... Sácalo del lugar en que lo dejaste. Y lávalo, porque así, lleno de lodo, no puedes usarlo.*

Leonardo: *Sí, señor, lo lavaré inmediatamente. Pero de volverlo a usar... no sé si deba.*

Jairo: *Mira jovencito, cuando yo tenía tu edad tuve un despecho con una jovencita. Para ese entonces mi padre no tenía auto, pero le cogí uno de sus caballos del establo. Luego me agarré una borrachera... y lo único que recuerdo es que llegue a pie... hasta el sol de hoy, mi padre y yo no volvimos a ver a su caballo.*

Leonardo: *¿Luego qué pasó?*

Jairo: *Tuve que trabajar duro por varios meses para poder comprar otro equino... ese fue el castigo.*

Luego... todo regresó a la normalidad.

Así que tu castigo es lavar el auto.

No puedo castigarte con severidad por algo que yo mismo hice alguna vez. Pero la próxima...

Leonardo: *No, señor. Le garantizo que no habrá una segunda ocasión.*

Jairo: *Ahora sí puedes retirarte.*

Leonardo: *Gracias, señor.*

Leonardo bajó las escaleras para llevar a cabo con rapidez la labor que Jairo le encomendó, pero al llegar al primer piso se tropezó con Margaret y le dijo:

Leonardo: *No recuerdo claramente cómo llegué anoche a mi habitación. Lo que sí sé es que de alguna forma me ayudaste. Pues no recuerdo haberme bañado ni cambiado de ropa, más sin embargo desperté así... y obviamente sé que no fue Jairo. ¡Gracias, amiga!*

Luego de éstas palabras le dio un beso en la frente y se marchó corriendo.

Capítulo 12

La gran Idea de Jairo

Margaret no sabía cómo se las había arreglado con Jairo. Pero menos podía entender qué rápido se había olvidado de todo lo que le había dicho la noche anterior. Sabía que lo que él había dicho, era con el corazón a pesar de su borrachera. Por otro lado, dentro de su ser no podía aceptar la "pared" que Leonardo le había puesto cuando le dijo "amiga". Se tocó los labios recordando el beso que le había dado mientras él dormía. Luego, sumida en un profundo vacío, continúo sus labores.

Algunos minutos después apareció Jairo.

Jairo: *¿Y a ti "chiquita", qué te pasa?*

Margaret no sabía que contestarle y dijo:

Margaret: *Leonardo. Me preocupa su comportamiento.*

Jairo: *Sí, a mí también... aunque sé que su conducta es normal.*

Margaret: *¿Lo crees así?*

Jairo: *¡Claro..! No le vayas a decir nada pero me confesó que estaba enamorado.*

Margaret: *¿Ah, sí..? Pero supongo que no le dijo quién era la afortunada. ¿O sí?*

Jairo: *Pues de cierta manera, sí.*

Margaret: *¡Oh! ¿Y quién es?*

Jairo: *Es una jovencita que al parecer no ha cortado el cordón umbilical con sus padres.*

Margaret: *¿A qué te refieres con eso?*

Jairo: *Pues él me dijo que la chica no quería que su familia se enterase. Que por alguna razón no convenía.*

Margaret: *A lo mejor ella tiene razón.*

Jairo: *¡Eso son patrañas!*

Margaret: *¿Por qué crees? ¡Puede ser que haya una razón importante! Cada familia tiene sus reglas y motivos.*

Jairo: *Óyeme, jovencita: sea la razón cual sea, no creo que si dos personas se quieren el uno al otro, y creen que con esa relación no le hacen daño a nadie o a ellos mismos, tengan que sacrificarse. Nadie es digno de manipularle los sentimientos a nadie. Además, Leonardo es un chico con un corazón inmenso. La mujer que se fije en él será dichosa. Ojala tú algún día te fijaras en un muchacho como él.*

Margaret: *Probablemente no haya otro como él. ¡Los jóvenes de hoy día son tan volátiles!*

Además, con el ritmo de vida que llevo y mis limitaciones, el amor se hace cada vez más difícil.

Jairo: *Puede que tengas algo de razón. Tal vez sí, tal vez no.*

¡Oye! Se me ocurre una idea. ¿Por qué tú y Leonardo no salen los fines de semana a esos lugares que frecuentan los jóvenes hoy en día? Tal vez de esa forma te consigues a tu futuro esposo. Eres una mujer bella y muy inteligente. Además, Leonardo te puede ayudar a saber si te conviene o no.

Margaret: *¿Te has vuelto loquito, tío?*

No creo que a Leonardo le guste la idea.

Jairo: *¿Por qué no? ¡Leonardo y tú se llevan de maravilla!*

Si tú no te atreves a proponérselo lo haré yo.

Jairo salió en busca de Leonardo mientras Margaret intentaba detenerlo.

Margaret: *¡Tío, espera!*

Entonces el anciano salió de la casa hasta llegar adonde estaba Leonardo en ese momento, lavando el auto y comenzó a hablar con él, mientras Margaret aguzaba el oído para tratar de escuchar lo que Jairo le diría.

Jairo: *Leonardo ¿Me permites un momento?*

Leonardo: *Dígame, señor.*

Jairo: *Llevo días pensando en Margaret. Ella tiene veintiocho años y aún no ha tenido ningún pretendiente. ¿Puedes creer eso?*

Sé que de alguna forma debe sentirse sola. Y no es justo que una mujer como ella, desperdicie toda su vida enclaustrada en esa casa tan solitaria.

Y ya que tú me contaste de tus problemas y viendo que ella también debe tener los suyos... se me ocurrió una idea.

Claro que primero tengo que consultar contigo...

Leonardo: *Sí. Prosiga por favor.*

Jairo: *¿Por qué los fines de semanas no se van los dos por ahí a divertirse?*

Leonardo: *¿Eh..?*

Jairo: *¿No te gusta la idea?*

Leonardo: *¡Fantástico señor..! Digo, claro, ¡claro que sí!*

En esos momentos Jairo se volteó mirando hacia Margaret, sonriendo, y le gritó que todo estaba arreglado.

Jairo se marchó y Leonardo empezó a apurarse para acabar más pronto con el auto, ya que se moría de ganas de ver la reacción de Margaret.

Terminó lo más rápido que pudo y fue hacia ella, que en ese preciso momento se encontraba regando el jardín.

Leonardo: *¡Margaret! ¿Escuchaste lo que dijo Jairo?*

Margaret: *Sí. Pero creo que no sería lo correcto...*

Leonardo: *Pero entonces ¿qué es lo correcto?*

Margaret: *¡No sé! Siento como si lo engañáramos...*

Leonardo: *¡Pero si él mismo lo aprobó!*

Margaret: *¡No! ¡Él aprobó que saliéramos! ¡No nuestra relación! No te hagas, conozco tus intenciones.*

Leonardo: *No te sigas engañando, Margaret. Nada es por casualidad. ¡Para mí la casualidad no existe!*

¿Piensas que en "el reloj universal" se puede adelantar o atrasar la historia? ¿Qué el sol está allá arriba porque sí? Porque si es así... y se desapareciera ahora mismo, aquí en la tierra ¿seguirá siendo de noche y de día por el resto de la vida sin depender que salga cada día? Así lo es todo en la vida, cada suceso tiene una razón de ser y un propósito. Es como si toda la existencia se formara de diferentes tipos de engranajes, unos más grandes, otros más pequeños y todos girando a diferentes velocidades como si trabajaran independientemente uno del otro, pero todos colaborando por un propósito, dar la hora perfecta. Así funciona la vida y todo lo que en ella habita.

Margaret no supo cómo refutar esa alegoría y no le quedó otra que acceder. Al hacerlo, sintió como si se desprendiera de unas cadenas que le imposibilitaran su libertad. Entonces, de pronto, se abrazaron con fuerza.

Leonardo: *¡Éste viernes saldremos a bailar! ¡Y luego a cenar o al revés, como tú quieras!*

Margaret: *¡Pero no sé bailar!*

Leonardo: *¿No sabes bailar?*

Haremos un trato. Tú me enseñas a defenderme de los ladrones y yo te daré lecciones de baile.

Ya que lo tenías pendiente. Es más... ¿Por qué no empezamos ahora mismo?

Margaret: *¿Qué haces? ¿Estás loco?*

Leonardo encendió el radio del auto a todo volumen. La agarró de sus manos y comenzaron a bailar mientras reían. Así estuvieron hasta que el cielo los cubrió con su manto estrellado. Jairo reía, desde el balcón, mirando a ambos jóvenes radiantes de felicidad. Fue una noche maravillosa.

Al día siguiente, Leonardo se levantó temprano y bajó las escaleras. Cuando vio a Margaret se acercó, la besó en la mejilla y se fue corriendo.

Leonardo: *¡Desayunaré en la cafetería de la universidad! ¡Hasta luego!*

Margaret: *¡Ve con cuidado!*

Margaret, quien estaba preparando el desayuno, continuó con su labor mientras tarareaba una agradable canción. De pronto Jairo apareció y comentó:

Jairo: *¡Por lo visto todo el mundo amaneció contento esta mañana! De haber sabido que esa idea funcionaría tan bien, la hubiera sugerido antes. Por lo menos... al fin esta casa se despojó de ese ambiente tan denso de varios días...*

Margaret: *Sí. Es así. A Leonardo le pareció muy buena la idea...*

Jairo: *¿Y a usted, señorita?*

Margaret: *¡Estupenda! ¡Eres el mejor tío del mundo! ¡Gracias!*

Al caer la tarde el joven llegó y se acercó a Margaret por su espalda con sigilo como para sorprenderla.

Margaret: *Sé que estás ahí, Leonardo.*

Leonardo: *¿Cómo lo supiste? ¡No hice ningún ruido!*

Margaret: *No sé, simplemente te sentí. Es como un sexto sentido.*

Leonardo: *Bueno, no importa.*

Quiero que te pruebes esto.

Margaret: *¿Qué es?*

Leonardo: *Ábrelo, vamos...*

Margaret: *¡Un vestido!*

¡Por favor, no te hubieras molestado!

Leonardo: *Es para mañana en la noche.*

Margaret: *Gracias... ¿y de qué color es?*

Leonardo: *Azul añil*

Margaret: *¡Es un color hermoso!*

Leonardo: *¿Pero, cómo..? ¿Puedes recordar los colores?*

Margaret: *Hay algunas cosas que aún puedo recordar desde niña. En especial los colores.*

Leonardo: *¡Qué bien!*

Margaret: *Hasta puedo asimilar en mi mente las formas cuando palpo con mis manos.*

Leonardo: *¡Wow! Es asombroso...*

Oye... ¿por qué no te lo pruebas?

Margaret: *¡Enseguida!*

Margaret fue a su habitación y después de algunos minutos salió y le dijo al chico.

Margaret: *¡Se siente perfecto!*

Gracias por el regalo y la sorpresa.

Leonardo: *Bien, ahora si no es mucho pedir... ¿Me puedes dar tus lecciones de defensa?*

Margaret: *Sí, claro. Pero antes quiero mostrarte algo... acompáñame.*

Margaret tomó de la mano a Leonardo hasta llevarlo a su habitación. Una vez dentro, se dirigió hacia una estrecha puerta. La abrió, y Leonardo observó que dentro había una especie de taller con una cantidad de hermosas vasijas de barro y diversas esculturas. Entonces Margaret se detuvo y le preguntó al chico:

Margaret: *¿Ves ese pedestal que está cubierto con un manto?*

Leonardo: *Sí.*

Margaret: *Destápalo con mucho cuidado, por favor.*

Leonardo: *Pero, ¡Qué impresionante..! ¡Es una escultura de mi propio rostro! ¿Tú lo hiciste?*

Margaret: *Así es.*

Leonardo: *Pero... ¿cómo lo haces?*

Margaret: *Pues mis manos para mí son como mis propios ojos. Con tan solo tocar varias veces las cosas, quedan grabadas en mi mente. Me encanta, es como un juego que aprendí desde pequeña... Así que al crecer decidí estudiar escultura. Créeme, fue todo un reto para el profesorado, pues no tenían fe en mi capacidad, imagínate, una joven ciega haciendo esculturas...*

Leonardo: *En verdad, cada vez me sorprendes más... Eres grandiosa.*

Margaret: *Desde entonces se corrió la voz con rapidez y comencé a exponer en diversas salas de arte del país. Actualmente estoy trabajando en una serie... pero dejémoslo ahí. Soy muy discreta con mis proyectos. Soy de las que creen que no se debe hablar de los planes que uno tiene en mente, pues temo que no se realicen.*

Leonardo: *¿Eres supersticiosa?*

Margaret: *Todo depende con el ojo con que lo mires.*

Leonardo: *Explícate, por favor.*

Margaret: *En la Biblia aparecen todo tipo de historias que parecen ser ficticias. Para sus seguidores son muy reales, aunque en verdad nunca lograron probar a ciencia cierta que fue así. Sólo es un acto de fe. Como por ejemplo... ¿Quién puede pensar que la fuerza de un hombre podría estar en su cabello?*

Leonardo: *¡Como Sansón!*

Margaret: *¡Exacto! Es decir que si el hecho de decir que "los planes personales no se deben dar a conocer" apareciera escrito en algún lugar de la Biblia... nadie diría que eso es una superstición, y todos lo tendrían por cierto.*

Leonardo: *Interesante tu punto. Creo que tienes mucha razón.*

Margaret: *Pienso que todo es energía. Y ésta viaja de un lugar a otro sin detenerse. Sólo puede cambiar para bien o para mal. Todo depende de su intención o propósito. De todos modos, la energía positiva, tanto como la negativa son necesarias para que haya continuidad. Si una de éstas desaparece, nada funcionaría.*

Así charlaron varios minutos de temas interesantes y sus puntos de vista. Luego, ambos chicos se dirigieron al sótano donde habían construido un gimnasio. Aquí Margaret solía tomar sus lesiones de defensa personal. Aunque no era muy grande, no tenía nada que envidiarle a uno profesional.

Margaret: *Aquí es donde yo libero el estrés.*

Leonardo: *¡Es fantástico!*

Margaret: *¿Comenzamos?*

Leonardo: *¡Adelante!*

Margaret: *Primero, enséñame lo que sabes... subamos al cuadrilátero.*

Leonardo: *Como tú digas...*

El chico comenzó a mostrarle lo que había aprendido en la calle. Ella comenzó a corregir sus movimientos. Luego entraron en calor haciendo varios ejercicios y los primeros movimientos de defensa. Así se mantuvieron un rato hasta que se sintieron exhaustos.

Leonardo se movió para un extremo del cuadrilátero y se apoyó de las cuerdas. Le dijo a Margaret que no podía más. Ésta se acercó y le preguntó si estaba tan cansado. Él le contestó que no aguantaba más reprimir sus sentimientos. La tomó por la cintura y comenzó a besarla con pasión. Ella se desesperó. Leonardo bajaba por su cuello mientras se deslizaba hacia una silla que se encontraba en la esquina y comenzaba a subirle la blusa. Margaret dejó caer su cabeza hacia atrás sin poder contenerse, mientras se agarraba fuertemente de las cuerdas. El chico acariciaba sus blancos y húmedos pechos mientras saboreaba los endurecidos pezones rosados. Margaret se le sentó sobre sus piernas y empezó a mecerse rítmicamente. Leonardo la agarró de los glúteos hasta acomodarla sobre su pelvis, rozando intensamente su entrepierna. Simultáneamente el chico, tembloroso, deslizaba su mano derecha por el borde del pantalón corto de Margaret logrando alcanzar y halar la prenda interior con su dedo. Mientras, ella le respondía intentando bajar el cierre del pantalón de su amado.

Comenzaron a gemir aceleradamente cuando de pronto... un ruido inesperado los interrumpió. Ambos se pararon en una fracción de segundos. Era Jairo, intentando abrir la puerta.

Jairo: *¡Por fin los encuentro! ¡Los he buscado por todos lados!*

¿Acaso a nadie le da hambre en ésta casa?

Margaret: *Perdone tío. Nos encandilamos "practicando algunas técnicas de defensa".*

Enseguida prepararé la cena.

Jairo: *No te preocupes. Cámbiense la ropa. Nos iremos a cenar a fuera...*

Yo invito.

Jairo se marchó y Leonardo y Margaret comenzaron a reír, nerviosos, por haber sido sorprendidos, aunque Jairo no parecía haberlo advertido.

Margaret: *¡Estuvimos cerca!*

Leonardo: *Sí, por poco nos sorprende en medio de una "intensísima" práctica.*

Margaret: *¡Leonardo!* –Dijo ella, como si lo reprendiera.

Leonardo: *¿Qué? ¡Tú fuiste quien lo dijo primero!*

Ambos continuaron riendo hasta que se marcharon. Leonardo acompañó a Margaret hasta la puerta de su cuarto y la sorprendió pellizcándole una nalga. Ésta, en voz baja, con una actitud traviesa, volvió a reprenderlo mientras agarrándolo por el hombro lo sorprendió con un húmedo y apasionado beso. Luego ambos se despidieron.

Al cabo de un rato ya todos estaban listos y juntos partieron a cenar. Esa noche los tres disfrutaron mucho, hablando de diversas anécdotas e historias pueblerinas. Al rayar la media noche, regresaron a la casa a dormir.

Al otro día, ya de mañana, los tres desayunaban en la mesa.

Jairo: *No vuelvo a darme una amanecida como esa.*

Ya no tengo edad para eso y me siento como si me hubiera quedado despierto toda la noche.

Margaret: *No creo que sea la edad tío, porque yo me siento igual. Creo que es cuestión de adaptación.*

Leonardo: *Sí. Pues yo con la vida que tenía casi no dormía. Nunca me sentí seguro en ninguna parte. Debe ser cuestión de adaptación porque yo me puedo dar otra amanecida.*

Jairo: *Hablando de otras amanecidas. ¿Van a salir hoy, definitivo?*

Leonardo: *Eso creo... ¿Margaret?*

Margaret: *¿Cómo que eso crees..? ¡Claro que sí! ¡Tengo que estrenarme el traje nuevo!*

Jairo: *¿Traje nuevo?*

Margaret: *¡Leonardo me lo regaló!*

Jairo: *¡Oye muchacho tú te lo coges todo en serio! ¡Pero qué bien... tienes estilo!*

CAPÍTULO 13

UN SUCESO NO DESEADO
EN EL MOMENTO MENOS INDICADO

Esa tarde, al caer el sol, ambos jóvenes comenzaron a prepararse. Ambos anhelaban pasar una velada inolvidable.

Ambos querían estar impecables. Especialmente Margaret, quien había contratado una experta para maquillarla esa noche.

Pasaron varias horas. Leonardo aguardaba en el recibidor, junto a las escaleras. De pronto escuchó que se abría la puerta y de inmediato se puso de pie.

Cuando Margaret apareció en el descanso de la escalera Leonardo no podía creer lo que estaba viendo. Jamás había visto tanta belleza. Para sus ojos era la más pura muestra de la perfección. Jairo, quien aguardaba junto al chico, se quedó impresionado mientras se lamentaba porque ella no tenía idea de lo hermosa que se veía. Ambos no pudieron contenerse y dijeron a coro:

Leonardo y Jairo: *¡Te ves hermosa!*

Leonardo: *Pareces una princesa...*

Jairo: *Chico, de verdad que elegiste un buen traje. Margaret, no tienes idea de cómo te luce.*

Leonardo: *No. El traje, sólo es un traje. Lo importante es quien lo lleva puesto.*

Margaret: *Bueno caballeros, gracias por tantos halagos... ¡Leonardo! Cuando usted lo indique.*

Leonardo: *Sí, claro. Después de usted.*

Jairo: *¡Que disfruten!*

Leonardo la llevó hasta el auto, le abrió la puerta y la ayudó a entrar y acomodarse. El también entró, dio arranque y se marcharon.

Leonardo: *¿Quieres ir a algún lugar en específico, que tal vez hayas escuchado nombrar?*

Margaret: *Hay varios lugares que he escuchado mencionar a Jairo... Pero hoy, quiero que me sorprendas.*

Leonardo: *Entonces, te llevaré al mejor restaurante de la ciudad. ¡Luego tú y yo, mi querubín, iremos a bailar! Disfrutaremos la noche entera.*

Así fue. Leonardo llevó a Margaret al mejor restaurante de la zona. Luego fueron al club más prestigioso de la localidad.

Esa noche sentían que el universo sólo era de ellos. Crearon su propio mundo con sus propias reglas. Querían que fuera perfecto y juntos lo lograron.

En un momento dado, mientas bailaban, empezaron a sentir un calor intenso que salía de lo más profundo de ellos. Comprendieron que aquel lugar comenzaría a resultar pequeño para ambos. Margaret le susurró en el oído, pidiéndole que por favor la llevara a un lugar lejos de allí, donde pudiera entregarse sin reparo alguno. Leonardo la agarró de la mano y salieron de aquel establecimiento. Pero al llegar al auto notaron que era demasiado fuerte la excitación de ambos, que jamás llegarían a ningún lado, porque la pasión los apremiaba. De pronto Leonardo se percató de un par de torres gigantescas que fijaban un enorme letrero de esos que se divisan desde las autopistas. Lo pensó un poco y le dijo a Margaret:

Leonardo: *¿Confías en mí?*

Margaret: *Sí. ¿Pero qué estás pensando?*

Leonardo: *¿Podrás subir a una torre de más o menos unos cincuenta pies de altura?*

Margaret: *¡No sé si habrá un lugar mejor..! ¡En éstas condiciones puedo trepar hasta un rascacielos si es necesario! ¡No lo pensemos más, y vamos!*

¡Además una torre mmm..! ¡Suena muy interesante!

No tardaron en llegar hasta la plataforma y ansiosos por tenerse, comenzaron a deshacerse de la ropa.

A pesar de la altura, aquel lugar se sentía bastante seguro. Aunque la idea parecía descabellada, para Leonardo fue el mejor lugar para estar acompañado de su preciosa "querubín". Sentía como si estuviera suspendido en el mismo cielo.

Por otro lado, Margaret podía percibir esa sensación de vértigo por la altura que, en ese momento alimentaba más la excitación y el deseo. Quería ser amada ya mismo.

Margaret: *Ámame como no has podido hacerlo durante todo este tiempo y hazme tocar las estrellas, ya que no las puedo ver.*

Leonardo: *Hazme sentir como sólo tú has sabido hacer. Deja salir todo lo que hay dentro de ti hasta que nos sintamos uno solo en el génesis del universo.*

Ambos comenzaron a besarse con premura, disfrutando del roce de la piel. Sintiéndose como dos almas coexistiendo en un solo cuerpo. Respiraban, jadeaban, y gemían al unísono. Era una sensación concebida sólo por y para los dioses. Quizás los transeúntes pudieran escuchar, pero no podrían dar con el origen de aquella fogosa melodía. Se sentía como si los ángeles de la lujuria se hubieran desatado, aprovechando las sombras de la noche. Dos seres que luchaban por ser uno solo, sintiendo sobrepasar el éxtasis del nirvana sagrado.

Ya habían pasado tres horas de incesante pasión y deseo contenido, y esos dos "alquimistas" alcanzaron transmutar su efluvios dos y hasta tres veces, tanto era el anhelo de poseerse. Lograron convertir lo reprimido en la más sublime muestra de amor, transformaron el plomo en oro. Luego, cuando se sosegaron, siguieron compartiendo sus caricias, diciéndose una y otra vez lo mucho que se amaban.

Al fin de ese trance amoroso, y a pesar de sentir una rara debilidad en sus piernas, se dispusieron a bajar de aquel lugar.

Así pasaron días, semanas y meses y en ningún momento dejaron de mostrarse el amor que se tenían. Pero todo a escondidas. Cuidándose de no herir a Jairo y apagar el calor de aquel hogar, porque ello les provocaba una extraña sensación de ingratitud y ambos sabían que ya era demasiado lo que sentían el uno por el otro y que ya era muy tarde para dar marcha tras.

Una tarde ambos se encontraban en un establecimiento y de pronto apareció Ángela, que se encontraba allí, enajenada por el alcohol. Se acercó a Leonardo:

Ángela: *¡Hola, guapo!*

Leonardo: *¿Sí?*

Ángela: *¿No encontraste uno de mis aretes en algún lugar de tu auto?*

Leonardo: *¿De qué hablas? Pero es que...*

Ya entonces fue muy tarde. La reacción de Margaret fue espontánea y fulminante. Desilusionada, y a punto de llorar, reaccionó:

Margaret: *¡Por favor Leonardo, llévame a casa!*

Leonardo: *Pero Margaret... ¡espera! Puedo explicártelo todo.*

Margaret: *No hay nada que explicar...*

Leonardo: *Mira lo que has hecho Ángela, ¡siempre que apareces te empeñas en hacer de las tuyas! ¡Esto no te lo perdonaré jamás!*

Ángela: *Pero si es mi arete... tengo el derecho de pedirlo. ¡No creo que sea un "pecado" preguntar por algo que me pertenece!*

Leonardo se acercó a Ángela, la tomó por un brazo y le dijo en baja voz:

Leonardo: *El "pecado" no es pedir lo que es tuyo, sino adónde, cuándo y delante de quién lo pides.*

Margaret, aturdida por el dolor, iba tanteando y dando tumbos, tratando de salir del lugar y Leonardo se apresuró para llegar hasta ella. Trató de explicarle, pero era en vano. Ella no podía entender razones y, ensordecida, no lo escuchaba. No podía comprender cómo había podido pasar algo así cuando todo había sido tan perfecto...

Ya de regreso a la casa el chico insistía para tratar de salvar la relación y convencer a la mujer que tanto amaba que se trataba de un malentendido.

Leonardo: *¡Eso fue hace mucho tiempo!*

Margaret: *No. Leonardo no hay explicaciones. Jamás imaginé que te estuvieras aprovechando de mí.*

Leonardo: *¡Pero si yo no me estoy aprovechando de ti! ¡Por favor no digas tal cosa!*

Margaret: *Debí suponer que tarde o temprano esto sucedería. ¡Hay tantas mujeres más hermosas, más jóvenes y sin ninguna discapacidad!*

Leonardo: *Margaret... ¿Podrías dejar de decir tantas estupideces?*

Margaret: *¡Ah..! Y ahora para completarla, según tú soy una estúpida!*

Leonardo: *Pero Margaret, ¡tú sabes a qué me refiero!*

Margaret: *¡Yaaaaaa! ¡No me hables! ¡Te odio! ¡Eres un maldito estúpido!*

Leonardo: *¡Perfecto! ¡Entonces vete a la mierda! ¡Púdrete!*

Ambos se habían hecho mucho daño. Puesto que mientras más intenso es el amor, más profundas son las heridas que pueden hacerse. No sólo no se hablaron más durante todo el camino, sino que no volvieron a hacerlo.

Así pasaron los días, cada cual por su lado. Margaret notaba que Leonardo sólo salía para el trabajo y la universidad, pero aún así algunas veces sentía dudas...

Una tarde, Leonardo salió de la habitación y cuando se marchaba ella advirtió que se había perfumado. Margaret fue hasta su cuarto y palpó la ropa del closet y se dio cuenta que se había ido bien vestido. Fue allí, entonces, que sintió que el cielo se desplomaba sobre ella.

CAPÍTULO 14

SER UN DON JUAN, "SEGUNDO INTENTO"

Leonardo se había cansado de la situación. Una vez que se acomodó en el auto, abrió la guantera para sacar sus gafas de sol y se topó con el diario. Esto desencadenó una avalancha de pensamientos con respecto a su vida, que en vez de aclarar la situación, lo confundían cada vez más. Sin embargo, trató de no pensar más en el asunto y prefirió darle alas a sus emociones y sentimientos. De esta manera se decidió a llevar a la práctica una vez más lo que estaba escrito en el diario. Entonces se dijo a sí mismo:

Leonardo: *Debería tener siempre en mente lo que dice aquí. Tal vez las cosas me resultarán mejor. Por tratar de hacer las cosas a mi manera, todo me salió al revés. ¡Mira lo bien que me iba con Margaret y ahora nada!*

Comenzó a ojear el diario y volvió a leer aquellos subtítulos y datos que creyó importantes, tales como:

- *"El puesto que se dan las mujeres".*
- *"Cómo manipulan a los hombres".*
- *"Cómo no dejarse manipular".*
- *"Cuando se hacen pasar por victimas".*
- *"Un no, es un sí".*

- *"La ley de la indiferencia y su efectividad".*

- *"Seguridad, pasión y carácter, fusión perfecta para ser un Don Juan".*

- *"Lo que visten y lo que comen te revelan quiénes son".*

- *"Ser oportuno, no oportunista".*

- *"Las mujeres y sus diversos personalidades".*

- *"Cuidado con la bipolaridad femenina, te puede manipular".*

- *Bipolaridad en el hombre, agridulce sabor que las vuelve locas".*

- *"En esencia, todas son iguales".*

...entre otros.

Mientras leía, cierta personalidad desconocida se apoderaba de su voluntad. La personalidad que hacía surgir ese peculiar coraje necesario para ser todo un "Don Juan".

Leonardo: *Sí, todo esto que está aquí escrito me recuerda a Margaret. Pues de la forma en que se comportó se puede ver todo esto... A juzgar por los síntomas, el "Dr. Juan" tiene razón. Y ya que conozco la teoría, ¡pues vamos a la práctica!*

Guardó nuevamente el diario en la guantera, arrancó el auto y se marchó.

Estando ya en un establecimiento, pidió una cerveza y aguardó pacientemente, observando a su alrededor, mientras se decía para sí mismo:

Leonardo: *Regla número uno: "Hacerse notar, pero con discreción. Ésta debe salir de forma espontánea. Se debe ser natural".*

Regla número dos: "La mujer que se siente segura de lo que quiere, siempre se acerca, pero con compostura".

Regla número tres...

De pronto, una dama de mirada profunda, vestida con un elegante traje color escarlata, de transparencia sutil y un escote hasta la espalda baja, se le acercó.

Entonces, todo lo que Leonardo se decía se esfumó.

La Dama: *Buenas noches* –dijo ella, con una voz algo sugestiva y pausada.

Leonardo: *Buenas... buenas noches* –contestó él, titubeando.

La dama se dirigió al cantinero:

La Dama: *Un coñac, por favor.*

Leonardo: *Que... que sean dos, por favor* –se atrevió a decir.

La Dama: *¿No estabas tomando cerveza acaso?*

Leonardo: *No. ¡Claro que no! Esa, al parecer la dejaron ahí... ¡Está casi llena! ¿Verdad? Je.*

La dama: *Sí, ya veo.*

Leonardo: *Permítame ofrecerle una silla, por favor.*

La dama: *¿Con quién tengo el placer de hablar?*

Leonardo: *Jan Leonardo Marquís de Luneta, a su disposición.*

La dama: *Qué nombre tan interesante.*

Leonardo: *¿Y con quién tengo el más sublime placer de hablar?*

La Dama: *Alison Di Morinni, viuda de Versalles... para servirle.*

Y... dime ¿qué es lo que hace un bebé tan guapo como tú, sólo por éstos lugares?

Leonardo: *¿Un "bebé"?*

Alison: *¿Perdón?*

Leonardo: *Digo... perdón... bebe... bebiendo un poco de coñac para ver si me da un poco de calor en ésta noche tan fría y solitaria.*

Alison: *¡Mmm..! Ya veo. Eres un chico algo precoz... pero tienes tu estilo.*

Leonardo, sumergido en sus pensamientos se dijo:

Maldita vieja, ésta se cree que soy un estúpido niño. Se llevará lo suyo... Sé lo que está buscando y lo va a encontrar.

Leonardo: *¿Otro coñac?*

Alison: *Sí, por favor.*

Leonardo: *Otra ronda de coñac por favor* –dijo al cantinero.

Al cabo de un rato ya se habían tomado varios tragos y Leonardo, para conseguir el control de la situación le dijo:

Leonardo: *Señora Di Morinni...*

Alison: *Dígame Alison, por favor.*

Leonardo: *Perdone... Alison. Conozco un lugar donde podríamos bailar y pasarla bien, si es que así usted lo desea. En verdad, pensaba ir un rato y ya que usted está compartiendo este momento conmigo sería descortés de mi parte si no la invito. Además, usted me parece una dama encantadora.*

Alison: *Sí, pero con una condición... bueno dos condiciones.*

Leonardo: *Sí, dígame.*

Alison: *Que me trates de "tú", la primera. Y la otra que me lleves en tu Jaguar.*

Leonardo: *¡Oh..! ¿Y cómo sabes que tengo un jaguar?*

Alison: *Porque te vi desde que llegaste, niño. Observé ese carro tan elegante y me pregunté qué clase de caballero puede estar dentro de esa lujosa máquina. Al ver que sólo era un niño, me quedé helada.*

Leonardo: *Alison, ya que nos vamos a tutear le agradecería que sólo me dijera Leonardo.*

Alison: *Claro. Como tú digas, niño.*

Se dirigieron hacia el auto y entonces Leonardo le abrió la puerta. Luego se acomodó él y se dirigen hacia el otro establecimiento. Después de varios minutos Alison le dijo:

Alison: *Por favor, ya que estamos en ésta zona... ¿puedes doblar ha la derecha hacia el bulevar?*

Leonardo: *¿Hacia dónde vamos?*

Alison: *Tengo un apartamento frente a la playa... Por aquí, al final de la calle. Es que quiero cambiarme los zapatos por unos más cómodos.*

Leonardo: *¿Esa casa que tiene un par de palmas en el jardín?*

Alison: *Sí. Por favor, estaciónate en frente.*

Leonardo: *Como usted diga.*

Luego Alison se bajó del auto, se volteó hacia él y le dijo:

Alison: *¿Piensas quedarte ahí, niño? Acompáñame, vamos.*

Leonardo entró junto con Alison en el apartamento mientras observaba que este era algo extravagante, con cierto toque voluptuoso y hasta juvenil para su edad. Las cortinas, alfombras y lámparas eran de color carmesí. Los asientos, de cuero blanco, tenían almohadones de piel de cebra y una colección de máscaras africanas adornaba la pared. Completaban ese ambiente sensual varios velones gruesos y algunos inciensos encendidos que mezclaban el olor del sándalo y el jazmín., creando así un escenario muy exótico y sugestivo.

Alison: *Ponte cómodo, niño. ¿Quieres tomar algo?*

Leonardo: *Sí por favor... lo que gustes.*

Alison: *Te lo traeré enseguida, cariño.*

Leonardo: *Tienes un lindo apartamento.*

Alison: *Gracias...*

Un instante después Alison regresó con dos copas de vino, caminando con sensualidad hacia Leonardo con su elegante traje ligeramente desabrochado en los bajos y los pies descalzos. El color vino –un Malbec argentino exquisito–, hacía juego con el ambiente. Leonardo observaba atónito la perfecta silueta de la mujer dibujarse a contraluz.

Ella se sentó a su lado, bebió un sorbo de su copa y le dijo en el oído, susurrando:

Alison: *Espero que en verdad te guste... Porque quiero que me acompañes... toda la noche.*

Una vez dicho eso Alison le pasó su lengua por el borde de la oreja a Leonardo y su boca finalizó su recorrido con un tibio beso en el cuello, mientras él sólo atinó a tomarse el vino de un solo trago. Alison lo imitó y le arrebató la copa de su mano, apoyando ambas en la mesa de centro mientras empezaba a deslizarse sobre él, hasta que terminó sentada frente a frente sobre sus piernas, rodeando la cintura del chico con sus muslos. Lo tomó del cuello, apoyó su boca en la de él y le mordisqueó los labios. Leonardo correspondió al beso, sintiendo que la mujer lo intimidaba un poco con sus movimientos felinos. Aun así, continuó y se animó a quitarle el tope de su traje. Pero Alison, con sus grandes ojos verdes brillando como los de un gato en medio de la noche se detuvo, lo miró y le dijo, acompañando las palabras con una pícara sonrisa:

Alison: *No. Aquí no, vayamos a mi habitación.*

Leonardo jamás había visto una cama tan grande. Le parecía enorme. Tenía unos pilares gruesos de madera algo descuidados y en la habitación había varios artefactos extraños y lencería de todo tipo asomando de las puertas abiertas de los roperos.

Alison lo empujó con su cuerpo y Leonardo cayó sobre la cama. Ella comenzó a lamer y a succionar su cuello y a su vez le extendió los brazos hacia arriba. De pronto sacó unas esposas debajo de las almohadas y en un instante lo sujetó al espaldar de la cama. Leonardo no se percató hasta que trató de abrazarla. La mujer le desgarró la ropa y, con todas sus fuerzas, lo tomó por el torso y lo hizo girar con habilidad de un golpe. Inmediatamente le quitó los pantalones mientras le mordisqueaba una y otra vez la espalda.

Leonardo nunca supo de dónde sacó el látigo con el que comenzó a golpear todo su cuerpo. Él comenzó a gritar:

Leonardo: *¡Ahhhhh! ¿Qué haces?*

Alison: *Niño, sólo déjate llevar y siente cómo la sangre corre por tu cuerpo.*

Leonardo: *¡Ahhhhh! ¡Ahhhhh! ¡Suéltame! ¡Esto no funciona así! ¡Ahhhhhh! ¡Suéltame y te haré el amor toda la noche si quieres pero... ¡Ahhhhhh! ¡Maldita!*

El látigo restallaba con cada golpe en su espalda. Alison lo estaba sometiendo a la fuerza, mientras le preguntaba:

Alison: *Dime, niño, ¿Quién manda aquí?*

Leonardo: *¡Ahhhhhhh! ¡Tú, tú mandas! ¡Pero suéltame te digo!*

Alison: *¿Quien manda aquí, eh? ¡Di mi nombre, niño! ¡Vamos, di mi nombre!*

Leonardo: *¡Alison, Alison viuda de Versalles es la que manda! ¡Ahhhhh!*

No fue hasta que rayó el alba que Alison lo soltó. Entonces Leonardo juntó su ropa salió de la casa, despavorido.

Leonardo: *¡Maldita loca! ¡Espero no volver a verte jamás! ¡Depravada infeliz!* –le gritaba.

Leonardo condujo hasta su casa, haciendo una parada para vestirse. Sólo quería llegar antes de que Jairo y Margaret se despertaran, pues no quería que se dieran cuenta de las condiciones en que había regresado.

Luego que llegó a su casa se acostó y durmió durante todo el día.

Mientras tanto Jairo, al no verlo bajar a comer, preguntó:

Jairo: *Margaret, ¿has sabido de Leonardo? No lo he visto en todo el día.*

Margaret: *No. Se fue anoche y desde entonces no lo he visto.*

Jairo: *Últimamente este muchacho está de lo más raro.*

Al caer la tarde Leonardo se despertó y salió de su cuarto buscando algo para comer. En ese momento se encontró con Jairo y Margaret, que aún seguían conversando.

Jairo: *¡Muchacho, ya no te dejas ver!*

Leonardo: *Es que he estado muy ocupado en los últimos días.*

Jairo: *Pero te ves destrozado. Parece como si te hubiera caído encima una fiera.*

Leonardo: *¡Y de qué tamaño!*

Jairo: *¿Qué dices? ¿De qué hablas?*

Leonardo: *¡Que me amanecí en el baño..! Es que no me siento bien, estoy mareado, tengo jaqueca. Y un poco de dolor de espalda... para variar.*

Jairo: *¿Quieres que te acompañe al medico?*

Leonardo: *No te preocupes, ya se me pasará. Me prepararé algo de comer... ya se me quitará.*

Margaret no le creyó la excusa, pero prefirió callar.

Capítulo 15

Leonardo no se da por vencido

Varias semanas después Leonardo había logrado olvidar la mala experiencia que había vivido con Alison. Entonces decidió salir otra vez, en busca de una nueva aventura.

Se fue a un lugar más distante –aunque menos lujoso–, donde no pudiera encontrarse con nadie conocido.

Leonardo: *Bueno ésta vez seré más cuidadoso y observaré mejor a cualquiera que se me acerque. No vaya ser cosa que termine siendo de nuevo una victima o más bien una presa... devorado por una fiera. En verdad no estoy para eso, y mucho menos para latigazos.*

En ese preciso momento una guapísima trigueña llegó al lugar, acompañada de dos amigas rubias.

Leonardo quedó impactado con su belleza, aunque a juzgar por su actitud y la atención que le brindaban sus amigas, a Leonardo le pareció que la joven se veía algo angustiada. Claro que aún así, no podía resistir el encanto de aquella muchacha.

Las jóvenes se sentaron en una mesa muy cercana a la de él. Leonardo, aprovechando la cercanía, comenzó a escuchar con atención la conversación de las chicas, que llamaban Sharon a la bella rubia que había llamado su atención.

Amiga 1: *Sharon, tienes que olvidar a Marcos.*

Sharon: *¡Es que no ha sido fácil! ¡Todavía, lo siento como si hubiera sido ayer!*

Amiga 2: *¿Ayer? ¡Pero sí ya van dos meses..!*

Sharon: *¿Saben? Lloro porque aunque sé que no volveré a verlo jamás, hay cosas que me recuerdan a él y no me puedo contener.*

Amiga 1: *Sí, tienes razón, a mí también me pasa algo similar. Todavía hay cosas que me recuerdan lo patán que era contigo. Sharon, Sharon, no se merece ni siquiera una de tus lágrimas.*

Sharon: *Tienes razón... pensándolo bien tengo que sacar fuerzas para tratar de olvidarlo. Sé que en verdad era un maldito infeliz.*

Cuando escuchó lo que dijo la muchacha, fue el momento que Leonardo aprovechó para tomar un par de servilletas de la barra y, en un tono de voz muy suave, se las ofreció a una de las amigas de Sharon. Sabía que de esa manera se vería más discreto y causaría mayor impresión.

Leonardo: *Disculpe, no quiero ser impertinente, pero creo que su amiga las necesita.*

Amiga 1: *Gracias por su gentileza.*

Leonardo: *Por nada.*

Sabía que hacerlo de esa forma sería mejor que entregárselas a ella directamente, ya que en situaciones así las mujeres desean mantener cierta privacidad.

Para completar su jugada y luego de darles las servilletas, Leonardo siguió caminando hacia la salida del local.

Se recostó sobre el marco de la puerta mirando hacia fuera, con una cerveza en la mano, como si no le importara la cosa. Sabía que la joven no tardaría en reaccionar. Era evidente que Leonardo había logrado cierta evolución en su estilo.

Había aplicado la Regla Número Uno: "Hacerse notar pero con discreción".

Mientras en la mesa, Sharon secó sus lágrimas y dijo:

Sharon: *Gracias por la servilleta, amiga.*

Amiga 1: *No me lo agradezcas a mí, agradéceselo al caballero que está en la puerta* –dijo, señalando hacia donde estaba él.

Amiga 2: *La verdad que está guapísimo* –dijo la otra amiga.

Amiga 1: *Además de guapo, es todo un galán, no como el idiota de Marcos.*

Amiga 2: *¿Sabes..? Dicen por ahí que "un clavo saca otro clavo".*

Sharon: *Tienes razón... ya verán lo que haré.*

Sharon respiró profundo, secó sus lágrimas, se levantó de su silla y de forma disimulada caminó hasta la vellonera de música que se encontraba justo al lado de la puerta. Sacó una moneda de su cartera, la depositó en la máquina, y comenzó a elegir los discos. Leonardo reaccionó dándose vuelta hacia ella y haciéndose el sorprendido. Se acercó y le dijo:

Leonardo: *¡Qué bien..! Veo que te sientes mejor*

Sharon: *Sí... Y gracias por la servilleta.*

Leonardo: *Por nada... ¿Buscas alguna canción en particular?*

Sharon: *Una que me haga olvidar al infeliz de mi ex novio.*

Leonardo: *¿Sabes? Si buscas una canción por ese motivo, creo que te harás más daño. Además, donde quiera que escuches la misma canción te traerá malos recuerdos.*

Sharon: *¿Lo crees?*

Leonardo: *Te propongo algo: ¿Qué tal si te devuelvo la moneda y me dejas elegir a mí? De ésta manera te acordarás del desconocido que en una ocasión no te dejó seleccionar en una máquina de discos, la canción que iba a entristecerte.*

Sharon: *¡Ja, ja, ja! Creo que es muy buena idea.*

Leonardo: *¡Estupendo! ¿Cómo te llamas?*

Sharon: *Ah, disculpa, mi nombre es Sharon.*

Leonardo: *Tan encantador el nombre como quien lo posee.*

Sharon: *Por favor, no exageres.*

Leonardo: *Es verdad. No quiero sonar atrevido pero... Nunca había visto una trigueña tan hermosa como tú.*

Sharon: *Gracias... hubiera querido que alguna vez Marcos me dijera cosa igual.*

Leonardo: *Entonces se llamaba Marcos...*

Sharon: *Fuimos novios por tres años. Para mí, él era mi vida.*

Leonardo: *Lamentablemente él no lo vio así, y en verdad... no sé porqué. Si yo tuviera la dicha de tener por novia una mujer tan bella como tú... hubiera hecho lo imposible para no perderla.*

Sharon: *¿Tú crees?*

Así hablaron por un largo rato, aunque Sharon se empeñaba en mencionar el nombre de su ex novio a cada momento de una forma u otra. Por otro lado Leonardo le evadía de forma disimuladamente, tratando de utilizar el despecho de la chica a su favor.

Leonardo: *Debes tratar de olvidarlo puesto que te haces daño. Por otro lado, y aunque no quiero parecer cruel, probablemente él debe estar bien acompañado en estos momentos.*

Sharon: *No te preocupes... Es probable que tengas razón.*

Leonardo: *Oye... ¿No tienes un lugar en específico el cual tú vayas y te olvides de todo con sólo estar allí? ¿Algo así como un lugar donde puedas meditar?*

Sharon: *Pues la verdad, no.*

Leonardo: *Precisamente cerca de aquí, yo tengo el mío. Es algo así como mi "rincón de relajación".*

Sharon: *¿De veras..? Marcos nunca tuvo uno.*

Leonardo: *Mira, ¿ves aquellas escaleras que dan hacia la playa?*

Sharon: *Sí.*

Leonardo: *Luego que bajas a la playa, hay un pequeño muelle. Por lo general me llevo una botella de vino, me siento en el muelle y me pongo a ver las estrellas. Eso me relaja de tal manera que luego no recuerdo porqué fui hasta allí.*

Sharon: *¡Ja, ja, ja!* —rió ella, divertida—. *¡Que hipérbole eres!*

Leonardo: *En verdad fue una exageración... pero de que me relaja, me relaja. Eso te lo aseguro. ¿Qué te parece si lo intentas? Puedes ir un rato y probar... yo me quedare cerca para cuidarte. Si quieres, puedes decírselo a tus amigas y juntos podremos cuidarte desde lejos.*

Sharon: *Me parece que eres sincero, no como el traidor de Marcos... No creo que necesitemos de la compañía de mis amigas. Vamos, acompáñame... Con un galán como tú, creo que es suficiente.*

Antes de salir del bar Leonardo se detuvo en el auto, sacó del baúl una botella de vino y un par de copas de cristal que había tenido la previsión de llevar consigo.

Llegaron al lugar, caminaron hasta el muelle y se sentaron juntos.

Sharon: *Por lo que veo eres un hombre preparado...*

Leonardo: *Como ves, el vino le da un toque místico a una experiencia como ésta.*

Sharon: *¡Eres tan galante..! Marcos nunca fue así conmigo.*

Leonardo: *¿Te puedo dar un consejo?*

Sharon: *Sí, claro. Adelante...*

Leonardo: *Si en verdad quieres olvidar a tu ex novio, deberías comenzar por no mencionarlo tanto.*

Sharon: *Sí, es cierto. Tienes razón.*

Hablaron y tomaron una copa de vino que Leonardo le sirvió mientas miraban al cielo. Cuando él se percató que cuando más efecto le hacía el alcohol a la chica, más mencionaba al maldito de su ex novio. Entonces le sugirió que se tendiera, acostándose boca arriba, para tener una mejor perspectiva de las estrellas.

Claro que las intenciones de este eran otras...

Leonardo: *¿Sabes? Es la primera vez que disfruto tanto de ver las estrellas.*

Sharon: *¿Por qué lo dices?*

Leonardo: *Porque nunca tuve la dicha de que, mientras las observaba, bajara un ángel tan hermosamente bello como tú para acompañarme.*

Ella se le quedó mirándolo fijamente a los ojos mientras una lágrima le resbalaba por la mejilla.

Leonardo se acercó y observó su reacción. Sharon comenzó a mirarle los labios y con ese gesto él comprobó que estaba lista. Se acercó y comenzó a besarla. Sharon le respondió entregándole su boca. Leonardo abrió con su lengua sus labios carnosos y le rozó el paladar. Ella se manifestó de la misma manera. Leonardo acarició con sus labios el cuello de la joven, dejando en la piel la huella de sus besos. Nuevamente se rozaron los labios y Leonardo se los mordió suave y sutilmente. Pero ella de pronto abrió sus ojos y reaccionó:

Sharon: *¡Mueaaaa! ¿Tú no eres Marcos? ¡Yo quiero a mi Marcos! —decía, mientras lloraba.*

Leonardo: *¿Qué te pasa?*

Sharon: *¡Qué yo quiero a mi Marcos! ¡Meaayayaaaaa! ¡Tú no eres Marcos!*

Leonardo: *¡Pues claro que no soy Marcos, soy un infeliz sin suerte!*

Sharon: *¡Yo quiero irme con Marcos!*

Leonardo: *¡Pues aquí no está el maldito Marcos... soy el infeliz de Leonardo! ¿Por qué no te largas..? ¡Tú también eres una maldita infeliz como yo! ¡Tú quieres ir con tu Marcos y yo con la maldita Margaret la cual no quiere saber de mí! ¡Lárgate sólo eres una desquiciada!*

La chica se fue aturdida y Leonardo se quedó allí sentado. Así estuvo horas y fue en aquel momento que descubrió un buen lugar para pensar.

Observó durante horas las estrellas y se lamentó una y otra vez el no poder estar con Margaret. Mas, sumido en sus pensamientos, se decía: "La vida es una ruta previamente trazada, que nos lleva a un lugar desconocido... De todos modos no me puedo quejar. Aunque, por otro lado, a veces añoro mi antigua vida... Sin embargo, ésta te da más... pero también te exige".

Luego de un rato, después de tantas reflexiones, lanzó al mar la botella, que aún estaba a medias, y se marchó.

Transcurrieron varios días en tranquilidad pero el joven seguía un poco acongojado pues aun teniendo el "Manual de las claves de la buena vida" había cosas que faltaban por escribir y sabía que de ser así nunca acabaría. Entonces este se preguntaba...

Leonardo: *¿Y qué del amor?... Porque aunque sea una conducta aprendida y el ser humano elija vivir o no vivir con él, queda la soledad. Pero la soledad, cuando no se ama, no se siente. Uno no se lamenta de estar solo. Pero aún nos queda la existencia. Y mientras existamos, convivimos. Sin embargo, debemos convivir de forma funcional para el universo. Por lo tanto, la vida continúa.*

Una tarde, Leonardo se encontraba lustrando el auto y en un momento dado se arrodilló frente a él. Puso sus brazos en el guarda lodo y se quedó paralizado y pensativo. Del otro lado del jardín se encontraba Jairo observándolo con atención. Entonces se acercó a él y le dijo:

Jairo: *¿Qué te pasa hijo?*

Leonardo: *¡Extraño tanto al "Profe"!*

Jairo: *Sí. Yo también lo extraño.*

Leonardo: *Sabes... a veces pienso que de algún modo está conmigo. ¿Es normal?*

Jairo: *No sé... la energía transmuta pero no desaparece. Así que de alguna forma estará por ahí.*

Somos energía atrapada en este cuerpo débil.

A veces siento que él me llama para acompañarlo y muchas veces me siento tan débil que casi me convence. Pero dentro de mí siento que aún hay cosas que debo dejar en orden. Que no me perdonaría si me fuera sin cumplirlas. Y tampoco se las perdonaría al viejo gruñón si me viene a buscar antes. Sin embargo, creo que él lo sabe pues de alguna forma pienso que me está ayudando.

Leonardo: *¿Y de que manera?*

Jairo: *Mira hijo: hay cosas que sólo lograrás aprender cuando hayas vivido toda una vida. Y otras que aprenderás a aceptar cuando estés a un paso de la otra. Entonces, estas serán las que te hagan comprender que estuviste equivocado toda una vida. Es decir... no sabías nada y cuando lo sabes, te niegas a aceptarlo. La gente teme al cambio, y eso es algo necesario. Prefieren vivir sumidos en la ignorancia aunque eso no los exima de la responsabilidad de enfrentar la vida y hacerse cargo de la realidad de su propia vida.*

Así hablaron hasta que el gran astro luminoso apagó su luz, permitiendo al universo asomar su rostro.

Esa fue la noche más estrellada que habían visto juntos hasta ese momento. Después, caminaron en silencio hasta la casa.

Cenaron en la mesa junto con Margaret, pero ésta casi no participó.

CAPÍTULO 16

LEONARDO CONOCE A SASHA

Una semana después ya Leonardo se había hecho la idea de que Margaret lo había olvidado. Pensó que debería, en verdad, darle su espacio. Sin saber que marchitaba su corazón cada vez que realizaba sus salidas nocturnas. Entonces decidió salir una vez más.

Esta vez decidió probar suerte lejos de la ciudad, en un lugar más recatado y hacer algo diferente.

El joven entró al lugar y vio una mesa de billar en la cual se encontraban dos chicas jugando. Al cabo de un rato luego de haber pedido algo para tomar decidió poner varias monedas en la mesa de juego, mientras esperaba su turno. De pronto el juego terminó y la joven que había ganado le hizo una seña por la que le daba a entender que lo estaba esperando para jugar con él. Leonardo rápidamente insertó las monedas y comenzó a preparar la mesa de billar.

Luego le indicó a la chica que comenzara su jugada. Ésta se inclinó y Leonado se percató de que era dueña unos pechos exuberantes que parecían pedir a los gritos ser atendidos. Trató de concentrarse pero era en vano.

Por otro lado la chica no habló en ningún momento, por lo que Leonardo decidió romper el hielo.

Leonardo: *Entonces... ¿Con quién tengo el placer de jugar?*

Chica: *Sacha.*

Leonardo: *¿Eres de por aquí cerca?*

Sacha: *Mmmm... sí.*

Luego de varios minutos de silencio Leonardo volvió a insistir:

Leonardo: *¿Siempre eres así de callada?*

Sacha: *Je... algo así.*

Leonardo: *¿Te incomoda la compañía de un extraño?*

Sacha: *No.*

Leonardo: *Si es que te sientes incomoda conmigo lo entenderé. Llamaré a tu amiga para qué continúe el juego contigo.*

Sacha le agarró la mano a Leonardo para que no se marchara, lo miró fijo a los ojos y le dijo:

Sacha: *Por favor.*

Leonardo: *Sí, al parecer, no eres tímida... Entonces, ¿tienes a tu novio cerca?*

Sacha se acercó a él, le acarició suavemente el rostro, y luego de detenerse a mirarlo por varios segundos lo besó en la mejilla. Luego le hizo un gesto al mesero y este les trajo dos tragos.

Leonardo: *Entendido... no tienes novio.*

Sacha levantó una de sus cejas y sonrió. En ese preciso momento terminaron el juego y ella le hizo un gesto, como para que Leonardo la siguiera. Eligió una mesa retirada y oscura y luego le preguntó:

Sacha: *¿Qué quieres de mí... guapo?*

Leonardo: *Empezaré por decir... "compañía".*

Sacha: *Mmm, ¿sólo eso?*

Leonardo: *En verdad no sé, pero lo único que puedo decirte es que eres hermosa... y eso me llamó la atención.*

Sacha: *Jumm... Gracias.*

Hablaron toda la noche, mientras se tomaban unos tragos. Sacha permanecía algo callada pero sostenía la conversación. A medida que pasaban los minutos la plática se tornaba interesante, seductora y hasta con cierto toque de traviesa lujuria. Cuando comenzaron a cerrar el establecimiento, Sacha le propuso continuar su conversación en algún lugar. Leonardo se preguntó si esa conversación tendría un final feliz y al escuchar la proposición se sintió algo cohibido pero aun así accedió. Luego se dijo a sí mismo que no pensaba perder la noche, que si iba a hacer algo lo haría rápido, para no tener que volver a padecer uno de sus habituales malos ratos. Caminaron hasta el estacionamiento donde Sacha tenía su auto deportivo.

Leonardo: *¿No te da miedo hablarle a un desconocido aquí en este lugar tan solitario?*

Sacha: *No veo porqué... Si estoy aquí contigo, soy yo quien lo ha decidido.*

Leonardo: *Entonces si me pego a ti, como tú lo hiciste hace un rato... ¿no te intimidas?*

Sacha: *¡Ah! ¿Así que esas son tus intenciones..? Ya veremos qué sucede...*

Leonardo se le acercó lo suficiente como para darle un beso pero ésta lo esquivó.

Sacha: *Mira muchacho, sé que no eres de por aquí. No quiero decepcionarte, de modo que no me obligues...*

Leonardo: *¿Decepcionarme? ¿A qué te refieres?*

Sacha le agarró sus manos y se la apoyó en sus pechos...

Leonardo: *¿Qué? ¿Tienes siliconas? Es común hoy día...*

Sacha: *Veo que aún no entiendes... Entonces te lo diré de ésta forma: en realidad, me llamo Mario.*

Leonardo: *¿Quéeeeeeeeeee?*

Sacha se apartó con rapidez, poniéndose a distancia para que Leonardo no pudiera golpearlo. Al mismo tiempo el muchacho sintió un escalofrío que lo paralizó. Lejos de reaccionar con violencia, le dijo:

Leonardo: *No te preocupes, no te haré daño. Fuiste sincero conmigo. Además no soy homofóbico, respeto como eres, aunque claro... no soy homosexual. O del ambiente, como ustedes dicen. Más allá de eso, no creo que pueda perder mi hombría por hablar contigo.*

Sacha: *Gracias, tal vez otro hubiera reaccionado de otra manera. En verdad que eres un buen muchacho. Si todas las personas fueran como tú esta vida no sería tan difícil para nosotros.*

Leonardo: *No te preocupes... en la historia de la humanidad cada cambio ejerce su resistencia pero al final la justicia prevalece. Mira, por ejemplo la liberación de los esclavos o la liberación femenina. Por otro lado, los cristianos lucharon por tener su libertad religiosa. ¿Por qué entonces a ustedes no se lo permiten? ¿Por el miedo al libertinaje? ¡Es que el libertinaje ha existido desde mucho antes que la libertad! Pudimos ver cómo se explotaba y asesinaba a los esclavos o se maltrataba a las mujeres que lucharon por su libertad. Por otro lado ¿qué mayor que el libertinaje que el del catolicismo en las cruzadas?*

Hoy día padecemos la quema de árboles o la contaminación ambiental. ¿Y qué hacen los gobiernos imperialistas al respecto? Nada. No hacen nada. Pero después hablan de moral, qué está bien y qué está mal. La libertad sólo se pone de manifiesto cuando cada uno puede gozar de los propios derechos sin perjudicar a los demás.

Algún día la humanidad comprenderá que todos somos iguales. Que ustedes no vienen de algún otro planeta inferior a éste. En este caso los inferiores seríamos nosotros, por no tener una mente ecuménica y rechazarlos o no aceptarlos... ¡Y después dicen que ustedes son los confundidos! Pero, hablando de confusión, se me acaba de ocurrir una pregunta. Tal vez me puedes contestar lo siguiente...

Sacha: *A ver...*

Leonardo: *¿Una persona que es hermafrodita... es hombre o mujer?*

Sacha: *En verdad, no lo sé... Nunca había pensado en eso. Tal vez un experto tenga la respuesta.*

Leonardo: *¿Experto? ¡Qué más experto que tú!*

Sacha: *Buen punto el tuyo.*

Leonardo: *Pues a decir verdad nosotros somos seres que evolucionamos de una u otra forma. Los hermafroditas o intersexuales como mejor se les debe decir, en el buen sentido de la palabra son una forma primitiva de los hombres y mujeres de la humanidad. O sea, llegaron primeros que nosotros a este mundo y ahora nosotros les damos de codo. Por otro lado, en el mundo animal y vegetal también sucede lo mismo y es algo muy natural que suceda en sus especies.*

Entonces... ¿Quien decide su género? ¿La iglesia? ¿El gobierno? ¿Su familia? ¿La ciencia o sus propios sentimientos o razonamientos? ¿O será la naturaleza? Es decir, pienso que es como se sienten ser, con el factor genético que los trajo al mundo. O como la naturaleza les indica que deben sentirse.

Sacha: *¡Ja,ja, ja..! En verdad no pensé que eras tan agradable y curioso.*

Leonardo: *Gracias, supongo que simplemente soy lo que llaman...un "libre pensador". Bueno, la conversación está interesante pero me voy antes de que algún idiota inseguro de sí mismo, diga que soy homosexual por estar hablando aquí contigo...*

Y respecto de mi pregunta, esperemos que alguien tenga la ocurrencia de escribir algún artículo al respecto y nos aclare todo este asunto.

Sacha: *Adiós, fue un placer.*

Leonardo se marchó, luego de solidarizarse con Mario, pensando:

"Buena gente el travesti. Pero, habiendo tantas mujeres en el mundo, ¿por qué justo me tuve que topar con uno de ellos? Lo respeto y lo comprendo, pero no es lo que busco.

"Creo que todo este lío se debe al diario de Don Juan. Por él ha sido que he ido en busca de aventuras, aunque esta no es la vida que en verdad deseo. Si no lo hubiera encontrado, nada de esto hubiera pasado. ¿Qué será lo que me tiene deparado el futuro? ¿El diario me habrá acercado o alejado de mi destino?

"Aunque por cierto hay algo de lo que no me arrepiento... Y es de Margaret. Porque sin el diario, no la hubiera conocido".

CAPÍTULO 17

LEONARDO SE ARRIESGA POR LO QUE REALMENTE QUIERE

Esa noche Leonardo no durmió pensando en todo lo que le había sucedido desde que había encontrado el diario y comprendió que, de todas formas, su vida había cambiado. Algo que lo motivó a no dejar las cosas ahí.

A la mañana siguiente, fingiendo indiferencia, Leonardo le preguntó a Margaret:

Leonardo: *¿Has visto a Jairo?*

Margaret: *No. Salió temprano a hacer unas diligencias.*

Leonardo: *¿Por qué no me llamó? Pude haberlo llevado.*

Margaret: *Sabes que le encanta caminar.*

Leonardo: *Sí... Entonces, creo que lo esperaré en el jardín.*

Leonardo se dispuso ser paciente y esperar a Jairo, mientras pensaba si resultaría correcta la tan ansiada conversación. Así llego la tarde, cuando Jairo se asomó por el jardín. El chico corrió hasta alcanzarlo y lo abordó:

Leonardo: *Don Jairo, me urge hablar con usted.*

Jairo: *Dime muchachito.*

Leonardo: *Es algo sumamente delicado. Espero me entienda aunque, por otro lado, entenderé y respetare su decisión.*

Jairo: *Al parecer esta conversación será larga. Así que mejor sentémonos en el banco a la sombra de este hermoso sauce, y dime...*

Leonardo: *Yo agradezco todo lo que usted ha hecho por mí pero por otro lado no quiero ser hipócrita. He tomado la decisión de marcharme.*

Jairo: *Pero hijo, ¿por qué?*

Leonardo: *Porque ya no puedo más. Es que continúo profundamente enamorado.*

Jairo: *¿De la misma chica?*

Leonardo: *Ese es el problema, de la misma chica.*

Jairo: *¿Entonces?*

Leonardo: *Esa chica es... es... Margaret.*

Jairo: *¡Margaret! ¡Dices de Margaret mi sobrina! ¿Estás seguro de lo que estás diciendo?*

Leonardo: *Perdóneme, pero así es. Tengo todo preparado para hacer las maletas. Puede estar tranquilo, que me marcharé cuanto antes.*

Jairo: *¡Pero, qué dices! ¡Esta es la noticia más maravillosa que he recibido en toda mi vida!*

Leonardo: *¿Qué dice..? ¿Usted entendió lo que le dije?*

Jairo: *¡Seguro! ¡Ven acá muchacho y dame un abrazo! ¡Esto hay que celebrarlo!*

¿Tienes idea de la incertidumbre que he vivido toda mi vida pensando que el día que yo falte Margaret se quedara sola, sin nadie que vele por ella? Mira hijo: ya yo estoy viejo y desgastado y mi muerte no se hace esperar. ¡Así que no sabes la felicidad tan grande que me causa esta noticia! ¿Quien mejor que tú..? Ya puedo irme tranquilo.

Pero una cosa, y Margaret... ¿qué dice ella de esto?

Leonardo: *Ese es otro problema. Ella siente lo mismo pero está enojada conmigo y todo por un gran error.*

Jairo: *Pues si el sentimiento es mutuo, lo demás no importa. Eso déjamelo a mí y a mi violín.*

Hijo, ¿te sabes la letra de algunas serenatas?

Leonardo: *Pues fíjese que me sé unas cuantas.*

Jairo: *¡Que no se hable más! Nos veremos a la media noche...*

Así fue... al llegar la media noche Jairo y Leonardo se pararon frente a la terraza del cuarto de Margaret. El anciano comenzó a tocar su apreciado instrumento y cuando la joven escuchó aquella hermosa melodía no dudó. Sabía quién era el intérprete, aunque no lo podía creer porque hacía años que Jairo no tocaba el instrumento por causa de su artritis.

Aguzó sus oídos y se percató que el sonido no provenía del interior de la casa. De pronto comenzó a escuchar una voz que cantaba la letra de la canción. No podía creer lo que estaba escuchando. Parecía como si lo estuviera soñando. El hecho de escuchar esa melodía junto con esa voz la tenía confundida. Sabía que la única forma de salir de toda duda era saliendo a la terraza, puesto que de allí provenían la voz y la melodía. Fue hasta el ventanal del cuarto, lo abrió, se asomó y se quedó escuchando aquella interpretación que la dejó arrobada.

Al terminar aquel dúo, Margaret sonrió con sus ojos inundados en lágrimas. Salió al corredor y procedió a bajar las escaleras lo más rápido que le fue posible. Cuando la vio, Leonardo casi corrió hacia ella, y ambos se abrazaron riendo y llorando de alegría.

Luego Leonardo le tomó las manos y con infinita suavidad la guió hacia Jairo.

Jairo abrió sus brazos y abrazó a su sobrina y luego le hizo una seña a Leonardo para que se acercara. Todos se abrazaron y entraron a la casa.

Esa noche ninguno de los tres durmió.

Celebraron con una botella de champaña, acompañados por las melodías que Jairo interpretaba en el violín.

Capítulo 18

Leonardo choca con su destino

Una semana más tarde mientras desayunaban...

Leonardo: *Llevo días pensando en algo que debo hacer. Quiero pedirle a usted, Don Jairo, que nos permita salir de la ciudad a Margaret y a mí.*

Jairo: *¿Piensan casarse e ir de luna de miel?*

Bromeó el anciano.

Leonardo: *No. Eso ya lo hemos hablado, pero aún no. Queremos hacer las cosas con sensatez.*

Jairo: *¿Entonces?*

Leonardo: *Hace alrededor de dos años atrás, encontré un diario cuyo dueño es un hombre al que se conoce como "Don Juan"...*

Jairo: *¿En serio?*

Leonardo: *¿Sabe quién es él?*

Jairo: *Sí, más o menos... es decir, todos de alguna forma u otra lo conocemos... Pero prosigue hijo, prosigue. Hallaste ese diario ¿y entonces?*

Leonardo: *Pude habérselo regresado, pero por alguna razón me lo quedé. Lo leí todo, con la idea de descubrirlo y que de alguna forma la gente se enterara quién era en realidad. Al mismo tiempo comprendí que* *no sería lo correcto. Desde entonces siempre he querido regresárselo. Creo que es algo muy personal. En ese libro hay escritas muchas cosas que...*

Jairo: *Entonces ¿sabes quién es él?*

Leonardo: *La verdad, es que las páginas estaban estropeadas por la humedad, en especial las primeras páginas, donde parecía revelarse quién es él. Pienso que por alguna razón era mejor no saberlo, ya que la naturaleza misma se encargó de asegurarle su privacidad. Entonces de alguna forma, su origen seguirá siendo un secreto. Por esa razón creo que lo correcto será entregárselo en sus propias manos.*

Jairo: *Hijo creo que tienes mucha razón. Si es necesario, el destino luego ya revelará quién es el autor. Vayan, tómense los días que sean necesarios para su viaje.*

Luego de varios días Margaret y Leonardo salieron de la ciudad en busca de Don Juan.

Margaret: *¿Tienes idea de cómo y adónde puedes encontrarlo?*

Leonardo: *Pues supongo que sí. El diario menciona alguno de los lugares que frecuenta.*

Margaret: *No te preocupes entonces, sé que lo encontrarás.*

Leonardo: *Sí, tengo la certeza de que lo encontraré.*

Varios días después, luego de una paciente búsqueda Leonardo y Margaret se encontraban en un bar, cuando advirtieron que no se sentían cómodos. Percibían un ambiente extraño, casi pesado en ese lugar, en el cual todos los presentes parecían actuar de forma extraña, hablando en murmullos.

En una mesa ubicada en una esquina en penumbras se sentaban una bella dama acompañada de un hombre, del que sólo se distinguía su silueta, pero Leonardo lo reconoció en el acto:

Leonardo: *¡Es él! Lo encontramos.*

Margaret: *¿Entonces? ¿Qué harás?*

Leonardo: *No sé, me imagino que debo ir a hablarle...*

Margaret: *Yo te acompañaré... Trata de demostrarte lo más discreto y amable posible. Que no vaya a reaccionar de forma agresiva.*

Leonardo: *Seré cauteloso... vamos.*

Ambos se pusieron de pie y se encaminaron hacia la mesa. Pero de pronto un hombre desconocido irrumpió en el lugar. Don Juan ágilmente se levantó de la silla pero el desconocido, sin mediar palabra se acercó y le clavó un puñal en su pecho. Éste, con furia indescriptible, se lo quitó y arremetió contra su agresor. Pero el golpe había sido certero. Don Juan cayó al suelo y un hilo de sangre comenzó a brotar de su cuerpo, indicando que la herida era mortal. Leonardo reaccionó rápidamente acercándose y arrodillándose junto a él le mostró el diario.

El hombre, lo miró asombrado, quizás porque reconoció lo que le enseñaba, esforzándose para hablar. Luego, con lentitud, introdujo su mano en la chaqueta manchada de sangre, sacó un par de fotos y se las entregó a Leonardo, que no podía creer lo que estaba viendo. Eran las imágenes de su madre:

Leonardo: *¡Por favor alguien llame un doctor! ¡Un doctor, por favor..! ¡Mi padre se muere..!*

Gritó el muchacho, desesperado y luego tomando a Don Juan en sus brazos, levantándolo un poco, le rogó:

Leonardo: *¡Por favor papá! ¡No te mueras!*

Leonardo lloraba sobre el cuerpo del hombre, en una mano las fotos que mostraban las imágenes de Don Juan, Melanie —la madre de Leonardo—, el doctor Marquis y un pequeño.

Si bien la gente se conmovía por el chico, por otro lado estaban cansados de que aquel Casanova le robara el orgullo a cada hombre de la ciudad. Nadie dijo nada, nadie hizo nada.

Margaret se arrodilló al lado de Leonardo y lo abrazó con ternura, hasta que se llevaron el cuerpo de Don Juan.

Al otro día se encontraban Leonardo, Margaret y Jairo despidiendo a Don Juan frente a la tumba que desde ese momento su padre compartiría con, el "Profe". Sólo se encontraban ellos tres y, alejadas en el fondo de los jardines del cementerio, algunas mujeres vestidas de negro que debían estar llorando la pérdida del dueño de sus más ocultos secretos...

Leonardo sacó el diario del bolsillo de su gabán y lo dejó caer sobre el ataúd, antes que se echara la primera palada de tierra. Jairo interrumpió el silencio de los tres:

Jairo: *¿Sabes? El doctor Marquis siempre tuvo la certeza de que tú eras su nieto y yo no le creí. Solía ponerse tozudo con ideas absurdas, pero esta vez fui yo quien se equivocó. De saberlo, te lo hubiera dicho... Perdóname hijo.*

Leonardo: *No te preocupes, Jairo. Tú me has ayudado demasiado. No tengo por qué tener resentimientos, por el contrario, tengo mucho que agradecerte.*

Así Leonardo emprendió su camino junto a Margaret y el viejo Jairo dejando atrás el recuerdo, para adentrarse en su nueva vida, buscando su destino.

Leonardo: *Entiendo que, en efecto, la casualidad no existe. Cada cual está predestinado a ser como es y tener su propia historia. Un manual no puede cambiar la esencia de lo que somos, aunque sí nos puede indicar hacia dónde debemos dirigirnos aunque desconozcamos los medios. Simplemente el fin de este diario no era descubrir a nadie y mucho menos transformarme en un "Don Juan", sino darme cuenta de quién soy en verdad. La vida no se trata de imitar a nadie sino de ser original y atreverte a enfrentar las aventuras que nos esperan en cada recodo del camino. Sólo es cuestión de intentarlo, para descubrir que la vida es mucho más excitante de lo que uno cree.*

FIN

ÍNDICE

www.ingramcontent.com/pod-product-compliance
Lightning Source LLC
Chambersburg PA
CBHW050824180626
46814CB00004B/1454